アナタはソレを我慢《がまん》出来《でき》ない

向かい合わせに座る格好になって近くなる顔。

「泣いて頼んでも…止めないでいいよ」

キスから初めて、いつものように手が身体を探る。

アナタはソレを我慢《がまん》出来《でき》ない

火《ひ》崎《ざき》 勇《ゆう》

ILLUSTRATION
佐々木久美子《ささきくみこ》

CONTENTS

アナタはソレを我慢出来ない

アナタはソレを我慢出来ない

『一堂猛《いちどうたける》』という男は、俺、『須賀潤《すがじゅん》』にとって憧《あこが》れの的《まと》だった。

いや、きっと俺だけじゃないだろう。男の半分はああいうヤツになりたいと思うに違いない。そして後の半分もああはなりたくないと思いながらも、やっぱり一度くらいなら彼になってもいいかも、と思わずにはいられないのだ。

顔がいい、体格もいい、運動神経がいい、でも頭は悪い。女の子達には受けがよく、男達にはまあそれなり。

いい加減だけど憎めなくて、不良というほどワルじゃない。

人生を楽しんで生きてるってカンジのする男だ。

俺は、高校の時から自分が一堂の友人であることがちょっとだけ自慢だった。

一年の時に同じクラスだったから、それからの付き合い。けれど二年、三年になって違うクラスになっても、体操着を忘れたり教科書を忘れたりする度《たび》に俺のクラスまでダッシュして、誰の名前でなく俺の名を呼ぶ。帰りがけ、違うグループで遠くに離れていても見かける度に互いに手を振り合う。

自分はワリと普通の男の子で、彼みたいに学校をサボって遊び歩いたり、バイクに乗って知らない場所へ一人で旅行したりなんて出来ない。その代わりに真面目《まじめ》に授業に出て、勉強した分だけ成績上げて、背が低いせいなのか、みんなに弟分みたいに可愛《かわい》がられている。

だからみんなが不思議がった。

「なんで須賀みたいな真面目なのと一堂がオトモダチしてるわけ？」

悪気の無い質問はいつも同じ言葉。

そんなの、俺だって不思議さ。

特に何か取り柄があるわけでもない俺を、どうして一堂が気に入ってくれているかなんて。

ただ利用するなら同じクラスの人間のがいいだろうし、ノート借りるならもっと頭のいい人間はいくらでもいる。

でも俺はそれを一堂に問い質《ただ》したいなんて思ったこともなかった。

きっと、彼は自分では味わうことの出来ない世界を教えてくれるだろう。どこでも一緒ってわけにはいかないだろうけれど、時々会うだけでも十分に鮮烈《せんれつ》で、離れたくないと思わせてくれる。

問い質して、それが少しでも欠けてしまうことが嫌だから。

けれど俺達はまだ未成年で、いつかはバラバラになる日が来る。それもわかっていた。

一番近くで言えば大学受験。

三年の夏休み近く。明日までに進路指導のプリントに自分の行きたい大学の名前を書いて提出するようにと言われた時、俺はそれを覚悟する時期にきたんだと自覚した。

けれど…。

「潤。お前どこの大学入るの？」

大学案内の本を見せてくれと言って、帰りがけにウチに寄った一堂は、自分で買ってきたドーナツを齧《かじ》りながらプリントを書く俺の手元を覗《のぞ》き込んだ。

「え、一応W大狙いだけど、滑り止めはK大にしようかと思って」

隠す必要はないから手を上げてプリントを見せてやる。

「W大とK大か…。んじゃさ、俺もそこ受けるわ」

「ダメだよ、ちゃんと大学案内見なよ。ここは一堂には難しいよ」

「嫌なことハッキリ言うな」

「ゴメン、でも一堂ならN大学のがいいと思うよ。女の子も多いって言うし」

「でも潤はそこ受けないんだろ？」

「うん、親がK大にしろって言うから。W大は俺もチャレンジだからちょっと諦めてるけどね」

なんでそんなことを言い出したのか、全くわからなかった。

だって言ってはなんだけど、一堂の成績からいって真面目に大学受験を考えているようには思えなかったから。

いや、真面目に考えていないから『俺と一緒でいいや』なんて考えたのか？

「俺がもしお前と同じ学校受けるとしたらあとどんだけ順位上げればいい？」

「今何番？」

「500人中420くらい。潤は？」

「…84。せめて100番以内に入んないとダメだよ」

逞《たくま》しく日焼けしてる肌ってのは勉強してないぞってシルシだろう？　元がバカってわけじゃないか

ら頑張れば順位も上がるのだろうが、今から320人抜きは誰が考えたって無理だと思うはずだ。

なのに一堂は前垂《だ》れてくる前髪をうるさそうに掻き上げて上目遣《うわめづか》いに俺を見た。

「夏休み、家庭教師しろ」

「俺が？」

「そう。人に教えると頭に入るって言うじゃねぇか。お前のためにもなんぞ」

「ねえ、まさかマジなの？」

「マジに決まってんだろ。俺はお前と同じ大学入る」

「でも一堂」

「じゃあ夏休みの間だけでも面倒見て、こりゃダメだと思ったらそれで終わりにしていい。それでどうだ？」

意外なほど真剣な眼差《まなざ》しで俺を見るから、断るなんて考えられなかった。

「頼む」

ましてやあの一堂が俺に頭まで下げてるんだぞ。

「…わかった。でもダメだってわかった時点で止《や》めるからな」

「よし、絶対だぞ」

でも、ごめん。

OKの返事を出しながらも、俺は本当はちっともお前のことを信用してなかった。

きっと夏休みに入って一週間もすれば、『海とバイトが呼んでるぜ』とか何とか言いながら、またふらりと出てってしまうと思ってた。

真面目にやっても、３２０人抜きの無謀《むぼう》さに気が付いて、やっぱり止めたと諦《あきら》めると思っていた。

でもそうなんだ。

頭も、体力も、ルックスだって、本当は一堂より上の人はいくらだっているだろう。テレビの画面の中にだって、学校の中にだって、探せばきっといるさ。

でもみんながやっぱり一堂に憧れて、一度はああいうふうになってみたいと思うのは、そういう見かけや体裁《ていさい》じゃないんだ。

夏休みが終わっても、俺はずっと一堂の家庭教師だった。最初は笑っていた担任の進路指導にも熱が入って、内申《ないしん》に少しくらいならゲタをなんて言ってくれるようになった。

笑っていた友人も真剣に彼をライバル扱いして、ノートを貸さなくなってしまった。

そう、一堂の『カッコイイ』所はこういう所なのだ。

遊んでばかりだけど、その遊びでさえ彼は真剣。

『やる』と決めたことはどんなにカッコ悪くなっても、どんなに辛《つら》くても、絶対に『やって』みせてしまうのだ。

サクラサク春に、彼がK大の一番偏差値の低い学部の補欠《ほけつ》であろうとも、そこへ入学出来た時、誰もがまたこう思った。

「あいつ、ホントカッコイイよな」

そして俺もまた、彼と合格を喜びながらも心の中で皆と同じセリフを呟《つぶや》いてしまった。本当に一堂はカッコイイ男だな、って。


これで一先《ひとま》ずすぐに会えなくなるなんてことはなくなり、何とか友情を持続させることができそうだと胸を撫《な》で下ろしたのも束《つか》の間《ま》、俺はその一堂に突然呼び出された。

「須賀潤」

それはずうっと忘れられない思い出。

「お前は変なヤツだ」

合格が決まってから、パッタリと止めてしまった家庭教師。

「すごく変なヤツだ」

あいつはバイト、俺は真面目に学校。そしてまた会う時間が少なくなる。俺の世界と一堂の世界は一瞬重なってまた別れた。

「…酷いな」

ただそれだけの事だったけど寂しいなって思ったから、呼び出されたのが卒業式の前日で場所は真夜中の公園だったけど、俺は電話を貰《もら》ってすぐパジャマにウインドブレーカーを引っかけて飛び出した。

「でも俺はそんなお前が気に入ってる」

「…それはありがとう」

革ジャンを纏《まと》った一堂は、見慣れたカワサキのバイクを停《と》め、缶コーヒーを手に低いブランコに無理やり座って俺を待っていた。

俺の姿を見ると、その大きい手がおいでおいでと手招きして隣を示す。だから冷たく汚れた小さな板の上に俺も座った。

「具体的に言うと、一年の時にお前と松田《まつだ》と三人で歴史のレポートをやった時だ。あの時、図書館からの帰り道に松田が先にバスを降りただろう」

こんなに急いで俺を呼ぶなんて、どんな話なんだろう。そう思っていたのに開いた口は突然俺を変人扱いして昔の事を語り出す。

「うん」

黒い肌に、もっと黒い瞳。

同じ歳と思えないほど立派な体格。

「あのバカは一生懸命《いっしょうけんめい》手を振って、お前も振り返した」

しんとした春の夜はまだ冬の匂いが残っていた。

「一堂はしなかったね」

「その時にお前が言った一言がとても気に入ったんだ」

「俺が言った一言？」

なんて言ったんだっけ？

「『さようならと手を振って別れる嬉しさは、一緒にいて楽しかった証拠《しょうこ》だね』って言った」

「…クサイ事言って悪かったな」

「悪くない。それがなんだか、俺にはとっても新鮮《しんせん》だった」

「新鮮？」

「印象に残ったんだ。面白いことを言うヤツだって。だからその次お前と別れる時に手を振ってみた。そしたらお前の言うことが少しわかったよ」

一堂の手が伸びてぬるくなったコーヒーを渡す。缶の中にはまだ半分、中身が残っていた。

「手を振っても何をしても、人と別れる時は寂しいもんだろうと思った。なのにお前に手を振った後、子供みたいに『ああ楽しかった』って思えたんだ」

飲めってことなんだろうか？　持っていろってことなんだろうか。

「だから俺はお前が気に入ってる」

「それが俺みたいに平凡《へいぼん》な男と付き合ってる理由？」

「いや、それ以外にも一杯ある。バイクのケツに乗せた時に『風を泳いでる魚になったみたい』って言ったこととか、夕焼けの雲見て『あそこに雲の王国があるって言ったら信じちゃうよね』って言ったこととか」

「…それって何か俺がムチャムチャ少女趣味でバカな男だって言ってるみたいに聞こえるんですけど」

「そうじゃない」

どうやらコーヒーは飲めと言うつもりらしく、彼は手で勧める仕草《しぐさ》をした。

口を付けると、普段《ふだん》飲み慣れないそれは、甘ったるく少し酸っぱい気がした。

「そういうのを作って言ってるんだとしたら、俺だってちょっとキモチ悪い男だなと思っただろう。でもお前がそういう事を言う時はいつも素直に思った通りの事を口にしてるだけなんだ」

「天然《てんねん》で変なヤツって言うこと？」

「違うよ」

笑いながら一堂が身体を反《そ》らせるから、ブランコの鎖《くさり》がキシッと音を立てた。

「俺、大学入学出来ただろ？」

「うん。すごかったよな」

「俺が真剣にお前と同じ大学に行きたいってこと、わかったよな？」

「うん」

その理由はわからないままだけれど。

「じゃあ俺がこれから言うことも、あれと同じくらい真剣に言うことだ、って言ったらどんな突飛《とっぴ》なことでも信じてくれるか？」

「…うん」

長い両手が、ブランコの鎖を摑《つか》んだ。

整った男らしい顔がこっちを見る。

「俺は、潤が好きだ」

「…俺もだよ？」

「そうじゃなくて、もっと真面目にだ」

「俺だって真面目に言ってるよ」

まるで自分の気持ちがふざけているかのような言い方をするから、俺は少し口を尖《とが》らせて抗議した。

だが、一堂はそういう意味ではないのだというように長い髪を揺らして首を横に振った。

「もし、潤が気持ち悪いとか怖いとか思わないでいてくれるなら、俺はお前と恋人になりたい。つまり、そういうふうにお前のことが好きなんだ」

低く、ゆっくりと説明するかのようなセリフ。けれど俺は言葉の意味がすぐに頭に入ってこなくって、暫《しばら》く何も言えなかった。

今、なんて言った？

俺を好き？　まあ俺も好きだからそれはいい。そんでもって、その『好き』の意味が恋人みたいな好きだって言った？　つまり、一堂が俺に恋をしているって…。

まさか。

「だって、お前、聖女《せいじょ》の二年と付き合ってるって聞いたぞ」

「あんなの遊びだよ」

「じゃあB組の中川《なかがわ》は？　お弁当作ってもらったりしてるらしいじゃないか」

「あっちが勝手にやってるだけだ」

「でも…」

その他にも、俺は一杯一杯知ってるぞ。お前が女の子と付き合った事実を。だが、俺が彼の全ての過去の女の名を挙《あ》げ連《つら》ねる前に、一堂の方からそれについての言い訳が始まった。その横柄《おうへい》な口調が言い訳であるならば、だけど。

「確かに女とは一杯付き合ったし、今もガールフレンドは一杯いる。多分これからも作ると思う。潤の知ってるのも、知らないのも。でもそんなのは全部、単なる友達かセックスフレンド程度だ」

それから凄《すご》く真面目な顔で、俺の前で笑った。

「でも、恋人にしたいと思ったのはお前だけなんだ」

真面目に笑うってのは変かも知れないけど、本当にそう見えたんだから仕方がない。

「だから告白してる、男のお前に」

手が伸びて、俺の手の中の缶コーヒーを一緒に包むように指を重ねる。

「好きだ。俺の恋人になってくれ」

「そ…そんな事言われても、俺どうしたらいいか…」

「『うん』って言えばいいんだ」

「ダメだよ、そんなの。お前に言われて返事するんじゃ全然返事じゃないじゃんか」

「じゃあ『いやだ』って言うのか？」

指はゆっくり俺の手を解《ほど》き、缶を奪うとそれを土の上に捨てた。

乾いた金属の音と、とぽとぽと中身の零《こぼ》れる短い水音。

「恋人になっても、俺は一堂に何していいかわかんない。俺今まで男もだけど、女の子とも恋人になんかなったことないから何をするのが恋人なのかわかんなくて…わかんないから返事が出来ない…」

厚底の革のブーツの足が一歩、俺の方に伸びる。引かれるようにして身体も寄った。鎖は斜めに伸びてキイッと軋《きし》む。

「そんなの簡単だ。誰との約束があっても、俺が言ったら俺を優先《ゆうせん》する。俺がキスしたい時にキスする。抱きたい時に抱かせる。他の誰ともそんなことしない。ただそれだけだ。俺と一緒に過ごす時間以外は全部潤の好きなようにしていい」

「いつも一緒じゃなくていいの？」

「だって、俺とお前の友人重なってねぇし、お前はバイクの免許《めんきょ》も持ってないだろ。ただ俺といる時は俺のことだけ考えてくれればいいだけだ」

まるで今の俺の状況《じょうきょう》みたいにブランコは揺れた。一堂の手が鎖を掴んで、不安定な俺を呼び寄せる。

俺は、自分でも驚いたことに、彼のこの告白を驚きはしても拒《こば》んではいなかった。

「…それなら」

顔が近づいてだんだん小さくなる俺の声をもっとしっかり聞こうとするように耳を寄せる。

「…俺は一堂のこと、好きだし」

革の匂いが冷たい水のような空気を伝って鼻をくすぐる。

「いきなり全部は無理だけど、一堂のこと、ちゃんと考えてもいいよ」

だって、彼は俺の憧れの的で、いつも彼が自分だけを特別に扱ってくれることを喜んでいるようなヤツなのだ。

彼が口にする『恋』がどんなものだか、ハッキリとしたビジョンは持てないけれど、それでもまた彼が自分だけを特別にしてくれるって言うなら、『恋人』も悪くないと思ってしまうような俺なのだ。

「もっとゆっくり考えさせてくれるなら、返事は…『うん』でいいよ」

寒い筈《はず》なのに、身体は火照《ほて》ったように熱かった。

その熱をさらに上げるかのように、彼のコーヒー臭い唇がちょんと、俺の唇に触れた。

「良かった。お前が怒ったり逃げたりしないで」

かじかんで、感覚は麻痺《まひ》していたけど、思い違いなんかじゃない接触。

「い、い、い、今…」

鎖から手が放されて、ブランコが揺れる。

「よし、これからゆっくり恋人になろうぜ。潤のテンポに合わせて、ずっとお前を大切にしてやるよ」

これから先を予測するみたいにぐらぐらと八の字に身体がぶれる。

「今、キスしたろっ！」

「こんなのキスにも入んねぇよ」

「俺にとってはファースト・キスだぞ！」

「そいつはラッキーだ。一生俺以外とすんなよ」

「一堂っ！」

怒っても、返事をした後だから一堂は笑っていた。

そして俺も、もう本気では怒れなくなっていた。

昨日まで友人、今日から恋人。そんなに簡単に変われる訳はないんだけれど、一堂が『やる』って言うから、きっと『やれる』。『恋人になろう』と言うなら『恋人になれる』だろう。

胸の奥が熱くなって、指先がじんと痺れてくる。この、目の前にいるカッコイイ男はこれから自分を一番にしてくれると言った。そして自分も彼が一番だと思ってもいいと言ってくれた。

「いいか、ちゃんと俺のペースに合わせて進むんだからな！」

強がって示す微《かす》かな抵抗。それに頷《うなず》く笑顔に胸が高鳴る。

「約束するよ、どんな事でも。そして約束した事はちゃんと守ってやるよ」

生まれて初めての恋の相手が男だっていうのが変なことだとわかってはいるけれど、それでも嬉しくて堪《たま》らなくて、俺も笑った。

「良かった…、これでお終《しま》いにならなくて」
そうして、こんな風に俺と一堂の恋愛は始まったのだった。

だが、どんなにロマンティックにスタートしようと、所詮《しょせん》は奥手な俺。スローペースに合わせて恋人になってくれるという約束を彼が守ってくれるから、俺達はずっと今までと変わらない付き合いを続けた。

卒業式の後も俺はクラスの連中とファミレスで打ち上げたが、彼は不良仲間と先生と一緒にどこかへ行ってしまった。もちろん教師にお礼参《れいまい》りなんかじゃない、あれでも一堂は教師受けがよかったから、先生に奢《おご》ってもらったのだそうだ。

春休みの間でさえも、デートと呼べるようなものは三回だけ。そのうち一回はこれを期に一人暮らしをする彼の引っ越しの手伝いのためだ。

その時にやっと二度目のキスをした。

大学へ入っても俺は国文Ⅰ、一堂は国文Ⅲと受ける講義も違ってあまり一緒にはいられない。一般教養だけは同じ時間を取ったけれど、それだって毎日じゃないし。

無理をせず、ゆっくりお互いのペースでそれぞれの生活をする。そして会えば、二人っきりのペースを作る。

高校の時と同じく、俺と一堂の組み合わせは大学でも意外だったらしく、二人で一緒にいると何度も同じ質問をされた。そして俺は何度も同じ答えを返した。

「須賀、国文Ⅲの一堂と友達だって本当か？」

「うん、高校の時から」

一年も終わりになる頃には、殆《ほとん》どの連中が俺と一堂を奇妙《きみょう》な友情と呼ぶようになっていたが、タマにはこの高村《たかむら》のように今更《いまさら》ながらの質問をぶつけてくることもある。

「そうか、高校のね。じゃああんまり親しいってワケじゃないんだろ？」

午後の講義までの空き時間。昼食を取るにはまだ早いけれど、トロイ自分の行動を考えて席取りついでに訪れた学食。高村は早々とうどんを持って俺の目の前に座った。

「ううん、親友。そう言っていいって言ってくれてるし、俺もそう思ってる」

「へえ、須賀がなあ。接点なんか全然なさそうな二人じゃん」

「うん。全然ないんじゃないかなぁ」

「なのに親友なのか？」

「同じ所がないから新鮮なんだよ。あいつ、俺が出来ないこと何でも出来るんだもん」

「一堂が出来ないことをお前が出来るってこともあるよな。勉強とか。レポート代わりに書いてやったりしてんじゃないのか？」

「そういうのは同じ学部の女の子がやってくれてるらしい」

「ああ、あいつ女にモテるもんな」

「うん」

「…あいつさぁ、ウチの学部の会田《あいだ》と付き合ってるって本当かなぁ」

「さあ？　俺あいつの女関係知らないから。何なら本人に聞いてみれば？」

「はは、まさか。だってあいつ元ゾクだって噂《うわさ》じゃん。おっかなくて」

傍《かたわ》らの水のコップを手に笑った彼の手を、背後から押さえる手。

「そんな事ねぇけどな」

聞き慣れた声に顔を上げると、見慣れた顔。

「あ、一堂」

高村の顔が一瞬硬直する。でも俺は知ってる。今のは怒ってるんじゃなく、水が零れると思って出した手だと。

「こっち座る？」

高村の緊張が取れるように、なるべく普通っぽくにっこり笑ってやる。

「ま…、待ち合わせしてたの？」

手を放してもらって、彼はゆっくりとコップをテーブルの上に戻した。

「ううん、偶然《ぐうぜん》。一堂も時間空いたの？」

長い肩までの不揃いな髪。背が高いせいで少し猫背になってる背中と低い声。

「ああ。何だ、潤はメシまだか」

「もう少ししてからにしようかな、と思って。まだそんなに腹空いてないし」

「ばーか、お前のトロさじゃA定食取りはぐれるぞ。待ってな」

背中から消える重い気配にふっと息を吐いて高村が彼に視線を送る。それから俺を見て、大抵《たいてい》のヤツが言うようなセリフを口にする。

「何だ、あんまり怖くないな」

そのセリフに俺は大きく頷《うなず》く。

「うん」

高校の時はみんな制服だから差は少し。学校でも一緒くたになって話をしてるから誤解も少ない。

けれど大学ってヤツは群れることが少なく、言葉を交《か》わすにもきっかけが必要になる。

ジャングルブーツに冬でもTシャツ一枚で革ジャンだけ、いつもデイパック一つで乱暴な口をきく一堂は離れた人々から敬遠されがちだった。でも本当はいいヤツなんだよ、と一々《いちいち》自分が説明するのも変だからそういうことはしないけれど、彼に会った人間が自分と一緒にいる彼を見て、『いいヤツじゃん』と言ってくれるのは嬉しい。

「ほらよ」

戻って来た一堂は俺の分のトレイを持って隣の席にドカッと腰を下ろした。

たった今『そんなに怖くない』と言っていたのに、また高村が及《およ》び腰になる。

その様をちらりと見て、一堂が口を開いた。

「この間のヤッと違うんだな」

「あれは足立《あだち》。こいつは高村だよ。高村、こいつが噂の一堂」

にこにこと笑って紹介するのだが、やっぱり印象は元に戻ってしまったようだ。

「一堂、少しは愛想《あいそ》振り撒けよ」

「俺が？　何で。俺この男に興味ないぞ」

「俺の友達なの。お前が無愛想してると怯《おび》えちゃうだろ」

「ちぇっ、ヨロシク高村くん」

一堂はチーズ載せハンバーグをつっと刺したままの箸《はし》を片手にニカッと笑った。

「ああ、よろしく」

「ねぇ、高村。俺ゾクだなんて噂出てんの？」

「え？　あ、いや…。何かこの前バイクの軍団が迎えに来たって言うからそれで…」

「ああ、あれか。違うよ、ありゃあツーリング仲間が旅費の積み立ての取り立てに来ただけだよ」

「ツーリング仲間？」

「高村も来る？　バイク乗れるなら誰でも歓迎だぜ。女も結構美人いるし」

『くん』が取れて一瞬の間にか呼び捨て。

「へぇ…」

でも気にするどころか聞いている高村の目が少しずつ変わる。

「そういえば今、須賀に聞いてたんだけど、君、うちの学部の会田って娘《こ》と付き合ってるって本当？」

「会田？」

「髪の長い、プラダのバッグ持ってる娘で、この間の月曜に二ケツしてたって」

「ああ、あいつか。遅刻しそうだから乗せてくれって言われただけだよ。食事なら一回したけどまだ寝てないぜ。バイト先の居酒屋によく来んだよ」

「ホント？」

「何だ、あの女狙いか。じゃあウチの店来いよ。割り引き券やるから」

食べながらポケットを探り、ピンク色のチケットを取り出して高村の手に強引に握らせる。

「必ず来いよ。何ならその会田でも誘って来りゃいいじゃん」

「あ、ああ」

この席に座ってから、一堂は俺に話しかけてこない。目の前で女の子の話をし、『寝てる』だの『寝てない』だのの話題を平気で口にする。

だからこそ、誰もが俺達を『奇妙な親友』とは呼ぶけれど、『本当はデキてるんじゃないか』なんて微塵《みじん》も考えない。

それは嬉しくもあり寂しくもある。

「あれ、一堂じゃん。また須賀んとこ来てるの？」

さっき一度名前の出た足立が彼を認め、名を呼ぶと近づいて来た。

「おう。今高村にウチの店の割り引き券やってたとこ」

「へえいいな、俺にもくれよ。って、お前達知り合いだっけ？」

「いや、今会ったとこ」

足立は『お前もか』という顔をして高村を見た。

「こいつ、変なヤツだろ」

「え？　いや、いいヤツだと思うよ」

「見た目より取っ付きやすいよな。人懐《ひとなつ》こいとこは須賀のトモダチって気がするよ」

「ああ、うん」

もそもそと食事を続ける俺の隣で、一堂はもう全てをきれいに平らげて一緒に買って来ていた紙コップのコーヒーをがぶがぶと飲み干している。

そしてポケットからさっきと同じチケットを出すと足立に渡した。

「お前もあの彼女と一緒に来いよ、またサービスしてやるぜ」

『また』？

「足立、お店行ったの？」

聞くと、彼は当然のように頷《うなず》いた。

「行った、行った。メシ美味《うま》いよな」

実は俺はまだ一堂のバイト先に行ったことはない。なのに後から知り合った筈の俺の友人達の方がどんどん彼と親しくなっていってしまう。何となく不満だ。

けれど一堂はそんな俺の気持ちがわかったのか、席を立ち上がりながら軽く俺の頭に手を置くと、他の誰にも見せない笑顔を見せてくれた。

「明日俺の部屋の片付け手伝ってくれたらいくらでもメシ作ってやるよ」

一堂の部屋の片付けというのは誘いの理由。それが出ると『遊びに来い』という合図。

「仕方ないなぁ、また汚したんだ」

だから俺も一瞬の不満を消して笑顔を返した。

「いいよ、じゃあ明日の四時にそっち行くよ。美味しいもん作ってね」

「おう、じゃあな」

そしてあっさりと食べ終わった食器を手にテーブルを離れてしまう。俺に手を振りながら。

「嵐みたいなヤツだな」

空いた隣の席には足立が腰を下ろした。

「明るくていいヤツだけど、粗野《そや》で女グセが悪い。人生を謳歌《おうか》してるところには憧れるけど、あそこまで好き放題だと軋轢《あつれき》もあるだろうに」

そして俺を見る。

「だから須賀みたいにのほほんとしたヤツを手元に置いときたがるのかもな」

黙って笑うしかないから、何も言わない。

そうなのかな、なんて思うだけ。

「でも須賀も少しはあいつを見習った方がいいぞ」

「健康的にってこと？　一応運動音痴《おんち》じゃないんだけど」

「そうじゃないさ。彼女の一人くらい作れって言ってるの。お前キスもしたことないんじゃないのか？」

言われた瞬間、一堂の唇を思い出して顔が赤くなる。

「そ、そんなことないよ」

「子供の頃したのは数に入んないんだぞ」

「いいの、俺は。そんなことより、足立も食事取りに行かないとそろそろドッと来るぞ」

「ああ、そうだ。じゃあここキープしといてくれよ」

「うん」

誰も知らなくてもいい。その方がいい。でも俺はゆっくりと一堂と恋をしている。

大学で普通に生活しながら、相変わらず彼と違う世界に立ちながら、どこかでちゃんと繋《つな》がっている。

あまりに違うから、きっといつかはダメになるんじゃないかと思うことも何度かあった。けれどそんなことは杞憂《きゆう》だと思わせるほど順調に、俺達は寄り添っている。

「なあ、須賀。今度俺にもちゃんと紹介してくれよ」

高村はまだ食事をしている俺を覗き込むようにしてそう言った。

「何かあいつカッコイイじゃん」

『だろう、俺の恋人だもん』と言えない代わりに、俺は笑って頷いた。

「いいよ、じゃあそう言っとく」

心の中だけで胸を張って。


翌日の夕方四時に、俺は言われた通り六畳一間《じょうひとま》の一堂の部屋を訪れた。

合鍵は持っている。だって恋人だから。

勝手に入って、どこを触っても文句も言われない。もちろんそんなことしないけど。

「一堂?」

ドアを開けて、靴を脱いでずかずかと入る部屋。

片付いてるとは言えないけど、このスペースじゃこれ以上きれいにするのは無理だろうという程度にはしてある。

そのごちゃごちゃとした部屋の真ん中で、一年中出しっぱなしのコタツに足を突っ込んだまま横になってる一堂が俺を見た。

「お、来たな」

『好き』と言われて、『恋人宣言』されて、もうそろそろ一年が経とうとしている。

その間、いかに奥手な俺でもだんだんと彼のペースに馴《な》らされていた。

手招きされて近づくコタツ。

彼の隣に座ると大きな身体はゆっくりと起き上がり俺の腰に手を回す。

「久々《ひさびさ》」

なんて言いながら。

「昨日会ったじゃん」

「ばーか。こうやって抱くのが、だよ」

カッコイイなぁ、とか、あんなふうに男らしくなりたいなぁなんていう感情は、今やどこかへ追いやられていた。

今自分の心の中を占《し》めるのは彼が自分を本当に好きでいてくれるといいな。それがこれから先もずっと続くといいな、と思うことばかり。

恋をしている自覚が出来たということだろう。

「食事、まだ後でいいな？」

「うん、いいよ」

聞かれて答えると、キスするぞという予告もなく触れる唇。

「ん……」

と言いながらきゅっと目を閉じる。

ドラマなんかで、キスシーンで皆が同じように目を瞑《つぶ》るのは何故《なぜ》だかずっと不思議だった。

でも自分が一堂とキスするようになると、その理由がやっとわかった。

好きで、好きで、一番好きな人の顔が一番近くに来ると、ドキドキし過ぎて恥ずかしくなってしまうからだ。

最初はスキを狙《ねら》うような軽いもの。次はゆっくりと唇だけを長く合わせるもの。そして今では舌先が俺の唇をこじ開けて勝手に中に侵入して来る。

好きな人との触れ合いが、他の誰かとのそれと全く違うのだと知ったのも彼の恋人になってからだった。

と、言ってもキスはまだ一堂としかしていない。でも指先が触れるだけでも、俺は胸が躍《おど》った。動悸《どうき》が早くなって、体温が上昇した。

だから、逞しい腕が俺の腰をしっかりと抱いて、彼の胸の中に収まるようにして、長く深いキスなんてされたら、全身の力が抜けてしまう。いとも簡単に。

「…ふっ」

キスをしながら鼻で呼吸することを覚えるまで、長いのは出来なかった。そんな俺だったのに、今ではちょっぴりだけど彼の舌に自分ので応《こた》えることも出来るようになった。

「美味《うま》い……」

やっと離した口元から一堂の零す感想。

悪戯《いたずら》っ子みたいに笑うから、俺は軽く頭を叩いた。

「味なんかするわけないだろ」

「するさ、お前だけは特別」

甘えるようにまた腕が俺の身体を押さえる。

「寒かっただろ。足入れろよ」

「うん」

でも力が抜けた足はすぐには真っすぐに伸びなかった。もたもたと崩している間に、悪い手が胸を押すように仰向けに俺を倒す。

頭を並べて、畳《たたみ》の上に二人、横になる。

「痛いな、頭ぶつけちゃうだろ」

「大丈夫だろ。お前石頭《いしあたま》だから」

「それ頭が固いってこと？」

「その通り」

笑う顔は僅《わず》か二〇センチ先。

やっとコタツに入れた足に、裸足《はだし》らしい彼の足が絡む。

「あ、こら。一堂」

足の指を使って器用に人の靴下を脱がせて、温かい足が触れた。

「何?」

「くすぐったいだろ」

「足だけじゃん」

「足だけだからくすぐったいんだろ」

「じゃあ足以外もしようかな。その方がくすぐったくないんだろ?」

「それは…」

俺は知ってる。

彼が沢山《たくさん》のガールフレンドと後腐《あとくさ》れのないセックスを楽しんでることを。

この部屋を掃除した時に、何度もコンドームやペッサリーを見つけたことがあった。

問い詰めることはしないけれど、疑問に思ったから、一度口にして聞いてみたこともあった。

どうして俺を恋人にすると言いながら他の女の子を抱くのか、と。

そしたらこの野獣は平気な顔でこう言ったのだ。『本能だから』と。

男と男の恋愛だけでは満足の出来ない部分が残るのだそうだ。それは気持ちではなく身体の奥底にある種蒔《たねま》きの本能で、男なら誰しも穴に入れたいという欲求がある。それに忠実に従っているだけなのだ、と。

けれど男同士でも触れ合うことくらいなら出来るから、俺にも手は伸びる。気持ちから伸ばす手と、本能で跨《また》がる身体は全然違うもの。だから仕方がないのだ、と。

そしてこうも言った、自分が女と付き合ってる限り誰も俺達の関係に気づかないから、いいカムフラージュになるだろう、と。

勝手だとは思った。

けれど確かに俺には女性の機能はないし、世の中の勇気あるオカマさん達のように自分の身体にメスを入れてまで性別を変える勇気もない。

だから彼の浮気には目を瞑《つむ》るしかないのだ。

「潤…」

と、耳元で名前を呼ばれると身体の芯がゾクリとする。

こういうのは本能じゃないと思う。

コタツで温まってる指先がジーパンからシャツを引っ張り出し、その中にするりと入り込んで来る。臍《へそ》からすーっと上って、胸まで。そして堅くなった乳首を隠すようにぺたっと押し付ける。

「待って…、一堂」

「何で？」

「ティ…ティッシュが遠い…」

この後どうなるかはわかっているから、俺は恥じらいながらもそう言った。

小さく舌打ちした彼の手が一瞬離れ、俺が羞恥《しゅうち》でそっぽを向いてる間にティッシュのボックスを引き寄せる。それを近くに置くと、『これでいいか？』という顔でこっちを見下ろした。

「…うん」

また彼は身体を横たえ、俺の隣に添う。

手はシャツの下に潜り込み、小さな突起を軽く弾《はじ》いた。

「…ん」

最初は、服の上から触れられるだけで苦しいほど感じてしまった。

でも今は触れられるとすぐに次を望む気持ちが生まれる。

「潤、俺もだ」

言われておずおずと伸ばす手が彼のジーパンのボタンにかかる。以前胸にも触れたことがあるけれど、彼はそこよりも下の方がいいと言って酷くくすぐったがるだけだった。

コタツの中、静かに下ろすファスナー。目には見えないけれど、手のひらを押すように中から現れるモノが彼の状態を伝える。

同じように自分のズボンも前が開けられ、彼の指がそれをひっぱり出した。

「あ…」

声を上げるのは俺ばかり。

彼は黙ったまま、俺の顔を見て手を動かすだけ。

「ん…」

悪いコトをしてるみたいで、微かな罪悪感がある。けれどそれさえ、この甘い疼《うず》きの一因でしかなくなった。

「キスするから、顔をもっとこっちに寄せろ」

言われても、そんなの上手《うま》く出来ない。

「潤」

何とか身体を『く』の字に折って前に行くのだが、その分腰が引けて彼の手が放れてしまった。

「あ、ごめ…」

「いいよ」

業《ごう》を煮やして腕がぐいっと引き寄せる。二人の真ん中のコタツの脚が邪魔《じゃま》だった。

近くなったから、今度は前よりもっとしっかりとそこを握る。

女の子をちゃんと相手にしてるなら、俺みたいな奥手の稚拙《ちせつ》な愛撫《あいぶ》じゃモノ足りないだろうと思うのだけれど、それが本能と感情の差だそうで、俺ならば指一本でもいいのだそうだ。

嬉しい言葉を一杯聞かされて、子犬が躾《しつけ》られるように芸を覚える自分。

自分と同じカタチだけど大きさの違うソレをゆっくりと摩《さす》り、ピンと張るまで奉仕《ほうし》する。

「潤、もう少し強く」

「…う…ん」

　けれど相手の方が全然上手いから、こっちが何かをしてあげようとする気力も全部吸い取られてしまう。

「あ…」

　一堂の大きな手は、俺の頭をとろかしてゆく。

「…ん」

　ぎゅうっと足を閉じても、隠すことの出来ない部分をずっと弄《いじ》られる。

　さっき靴下を脱がした器用な足の指は一本の脚となって、これまた器用に膝に回った。

　大の男が二人でゴソゴソやっているのだから、昔ながらの出っ張った温熱器《おんねつき》のコタツは動く度に持ち上がってしまう。

　暑くなって、身体はだんだんとそこから逃れるように這い出した。追うように、彼の身体もまたコタツを出た。

「あ…ぁ…」

　体中が、一堂の手を求めて震え出す。

　動かすぎこちない手も、彼に触れていると思えばこそ力が入る。

　乱暴に、手がシャツを捲《まく》り上げた。

　キスするから近くに来いと言ったクセに、唇は口元ではなく胸に触れた。

　湿った舌が、さっき指で弄《もてあそ》んだ場所を濡らす。

「あ…も…」

後は理性も正常な思考もあったものじゃない。

「もう…っ」

二、三度強く胸を吸われただけで、俺はすぐに彼の手を濡らしてしまった。

「う…」

「まだだ、潤。俺はまだイッてない。もう少しだけやってくれ」

手の中にある堅いモノが全てを吐き出すまで、俺は黙って扱《しご》き続けた。

怒ってるかのように顔が歪《ゆが》んで、とろりとしたものが長いタメ息とともに零れ出す。

それから二人でコタツの上のティッシュをざかざか引っこ抜いて、丁寧《ていねい》に指の間までそれを拭《ぬぐ》った。

「ベッド買いたいよなぁ」

恥ずかしさを打ち消すかのように、急に喋《しゃべ》り出す二人。

「この部屋に入るワケないじゃん」

身体は横たえたままだけれど、もう触れ合いはしない。ただ見つめ合って口を動かす。

「でもそしたらいつ発情してもいいじゃねぇか」

「今だってそうしてるだろ。俺はその…声が心配だよ、隣に」

「隣、水商売だからな。夜は絶対いないってわかってるんだけど」

「今は？」

心配そうに聞くと、彼は親指を立てて笑った。

「お前が来る直前に出てった」

「一堂、俺のこと好き？」

何げなく聞いたつもりだったんだけど、相手は嬉しそうににっこりと笑った。

「お前の口からそんなセリフが出るようになるとはね。一体どっちが告《こく》ったんだか」

「それはそうだけど、いつまでも変わらないってことはないかも知れないじゃないか」

「大丈夫。他のに乗り換えるくらいなら最初からこんな奥手の男に手は出さないさ。ちゃんと今も世界で一番好きだぜ」

自分なんかのどこが、とは絶対に言わない。あんまり自信はないんだけれど、そんなふうに思うと『好き』と言ってくれてる一堂を疑うことになるから。

「うん、俺も」

「メシより先に銭湯《せんとう》でも行くか。今日は木曜だから入浴剤の日なんだぜ」

「行く」

ユニットバスならあるけれど、広いお風呂に憧れがあるから、俺は頷いて立ち上がった。

「俺さあ、今更なんだけど、一堂に好きになって貰《もら》えて良かった。自分が先に好きになっていたら、きっと何にも出来なくて悩んで終わりだったと思う」

「今は？」

「もっと好きになって貰えるように努力するだけで幸せ満喫《まんきつ》だから楽だよ」

幸せだった。

本当に幸せだった。

一堂と友情から始めてこんな風になるまで、俺は本当に幸せだった。

この先がずうっと順風満帆《じゅんぷうまんぱん》だと思うほど楽天的には出来ていなかったけれど、少なくとも自分達が社会から監視《かんし》される大人になるまでは、きっと今のままでいられるだろうと思っていた。

二人だけで、恋愛を楽しんで、互いのこの気持ちは揺るがないだろうと。

「またタオル貸してね」

少なくとも、この時までは…。


春休みに二人で旅行をしようか、と言ってくれたのは一堂だった。

ずっとバイトだツーリングだと忙しく、自分の生活ばかりを優先させて来た男の誘いに、俺は天にも昇る心地になった。

「本当？」

を何度も繰り返し、子供みたいに声を上げた。

「俺の古いメット貸してやるから、それでタンデムしてこう。近場になるだろうけど」

近くだろうが遠くだろうが構いはしない。初めて二人だけで出掛けられるのだ。

休み前の試験と、旅行の資金稼ぎのために当分会えないという障害があっても、俺は我慢出来ると思った。

誰かの目を気にすることなく、二十四時間、一堂を独占出来る。その事の方が大きかったから。

だが、不安はその喜びの話題から三日も経たないうちに俺の胸の中に種子を忍び込ませたのだ。

「あいつ、大嘘つきな」

古典Ⅱの講義が終わって、皆が試験範囲を写しっこしている教室の中、高村はそう言うなり俺の目の前に腰を下ろした。

「な…何？　誰のこと？」

不機嫌極まりない友人の顔。一緒にいた他の連中も何事かと俺達を見る。

「一堂だよ」

その名が出ると、俺の胸がツキンと鳴った。どうして？　どうして一堂が嘘つきだと高村が言うの？　何かあったの？

問うまでもなく、相手は自分の中の不満をべらべらと口にする。

「あいつ、この間会った時には会田とは何でもないって言ったじゃん」

それは学食での会話のことだろう。確かに、一堂は彼にそう言った。それで二人は親しくなったのではなかったか？

「会田に聞いたら、あいつ会田と付き合ってるんだってよ」

「え？」

聞き返す俺と、興味津々《しんしん》な周囲の者。その全てに直訴《じきそ》するように高村が身を乗り出す。

「俺としては精一杯努力して色々誘ったり何だりしたんだぜ。一堂が会田には興味ないって言うからさ。ところがどっこいだよ」

「何？」

「あいつ、もう会田と寝てやがんの。しかもあいつ指輪まで買ってやったらしいじゃん」

「ゆ…びわ？」

「そうだよ、あいつが今薬指にしてる高そうな赤い石のヤツ。そんなの、単なる友達にくれてやるもんじゃないだろ」

「でも、それ本当に一堂があげたのかどうかわからないじゃん。そんなに高そうなものなら家族か誰かが…」

「ちゃんと本人の口から聞いたんだよ。話の途中で話題がなくなってさ、その指輪奇麗だね、どうしたのって。そしたら一堂が買ってくれたんだって」

そんなまさか。

だってそういう特別なことは女の子にはしないって言っていたのに。

「何かの間違いじゃないの？」

けれど高村は怒ったように顔を背《そむ》け、短く言い捨てた。

「そうだったらどんなに良かったか」

否定したい。

彼の恋人は自分だから、他の女の子に特別なことをする筈がないと思いたい。

「何だ、高村。誰かに女盗られたのか？」

黙って聞いていた友人達も、遂《つい》に口を挟《はさ》み始める。

「ああ、例の一堂にやられたよ」

違う。そんなことない。

「一堂って、国Ⅲの？」

「確か須賀の親友だったよな」

そんな目で見ないで。

それは絶対に誤解だから。

「止《よ》せよ、別に須賀がどうこうしてるわけじゃないだろ」

輪の中にいた足立がとりなしてくれるが、だからといって高村の言葉を否定してるわけではない。

「何だよ、足立はあいつの肩持つのか？」

「ってワケじゃないけど、あいつと何度か飲んだことあるけど、誰かに執着《しゅうちゃく》してるようには思えなかったぜ」

足立は鼻から落ちそうになっている眼鏡《めがね》を人差し指でクイッと戻しながら俺を見た。

「なあ、須賀?」

「え?」

「あいつに恋人がいるとは思えないよな」

「ああ、うん。不特定多数《ふとくていたすう》の女の子はいっつも一杯いるけど、誰か一人って聞いたことないよ」

けれど高村は首を振った。

「無理無理。だってそいつ一堂の女関係全然知らないって言ったもん」

「そ…、そうだけど。恋人がいるかどうかくらいは知ってるよ」

「本当に?」

「う…ん。だって、一堂は恋人は作らないって言ってたもん」

「なんで?」

「なんでって…」

「それにそう言ってたのっていつの話だよ。もしかしたらお前に言った後に会田にあって気が変わったのかも知れないじゃん」

「う…」

そう…、なんだろうか。

「お前、一堂が会田に指輪買ったのだって知らないんだろう」

だからきっとそれは何かの間違いだと思う。でもどんな間違いなんだ？　強い高村の口調にだんだん心が負けてしまう。

「そんなの、須賀に言ってもしょうがないって言ってるだろ。女に指輪買ってやったことを一々友達に吹聴《ふいちょう》するヤツがいるかよ」

「…そりゃそうだけど、須賀があんまりあいつの事庇《かば》うから」

「当たり前だろ。須賀は高校の時からの友人なんだから」

言いたくても言えないいろんな事が心の中で渦《うず》をなす。

「そんなに気になるんなら須賀に聞いてもらえばいいじゃないか」

そうしたいのは自分も一緒だ。けれどそれも出来ないんだ。

「一堂、当分バイトが忙しいから会えないんだよ」

「携帯くらい持ってるだろ」

「持ってない。持っててもすぐ無くすからいらないって。自宅の番号なら知ってるけど、多分留守だと思うし」

そうなのだ、当分は連絡無しだねと約束したばかりなのだ。会えない日々が続くよ、と。でもそれは彼が女の子と会うのを優先したのじゃなくて、俺と旅行に行く準備のためなのだ。

高村の勢いにおろおろする俺を見て、足立は軽くタメ息をついた。

「須賀、そんなに慌てなくてもいいよ。こいつ、ちょっと頭に血が昇ってるだけなんだから。第一、会田がそういうならもうそれでいいじゃないか。もしかしたらお前に説明した後でそういう関係になったのかもしれないし、嘘つき呼ばわりしなくても」

「あいつは俺が会田狙いだって知ってたんだぞ。なのに…」

「まあまあ、色恋は試験の後にしようぜ。須賀だってその内また一堂に会えばちゃんと聞いといてくれるよな？」

「うん、聞く」

その返事でやっと納得したのか、高村もふてくされながらこちらに向き直った。

「…ごめん、お前には八つ当たりだった」

軽く下げてくれる頭。

でも俺の心に生まれた不安は拭えない。

「ううん、いいんだ。今度絶対ちゃんと聞いとくからね」

今までも、一堂に入れ込んだ女の子は何人もいた。けれど彼曰《いわ》くそういうタイプの女の子はすぐにわかるとかで、絶対に深入りはしないのだと言っていた。

あの狭く汚い部屋に呼び入れるのは俺と数人の男友達だけ。

一堂の家はそんなに裕福ではないので、大学へ行くはずではなかった彼が大学へ行くと言い出した時、その学費の半分は自己負担《じこふたん》と言われたらしい。だから稼いだ金は生活費とバイクにつぎ込み、女の子どころか俺にだって払う金は無いのだ。

赤い石の指輪。

そんなもの、絶対に一堂が買ったはずはない。

そう思ってるのに、思いたいのに、高村が断固として言い張るから胸が騒ぐ。

もしも、本当に彼が会田に高価なプレゼントをしていたら、それはどういう意味になるのだろう。

二人が付き合っていて、それを彼が俺に黙っていたら。

最初から、不安の種はこの胸にあった。

けれど芽吹《めぶ》くことはないだろうと思っていた種だった。

一堂は自分なんかと違ってカッコイイ男だし、自分よりも交際範囲の広い男だから、いつか自分よりもっと気に入る人間を見つけてしまうかも知れない。それが男でも、女でも、もっと彼に相応《ふさわ》しい相手と出会ってしまうかも、と。

でもそれなら絶対に自分に一番にそう言ってくれる筈だ。

ましてや自分達はついこの間もキスしたばかりで、二人っきりで旅行に行こうと誘ってもくれてるのだから。

「須賀、行くぞ」

信じてるのに、不安になる。

信じてるのに怖い。

「うん」

かといって、やっぱり『今』が崩れるのが怖くて、俺は何も言い出せないまま、彼を待つことしかできないのだった。


恋をするというのがどんなものなのか、俺にはよくわからなかった。

他人から聞いたりメディアで描《えが》かれてるものを見たりするのがせいぜい。

胸をときめかせて、独占欲に縛られて、一日中その人のことばかり考える。と、世間《せけん》では言うけれど、どうも自分にはその感覚がわからない。

一堂を好きになったのは、彼が好きになれる理由を持っていたからだ。優しくて明るくて強くて、カッコイイなぁと男の俺でも思ってしまうから。

けれどそんなのは自分以外の人間でも思うことだろう。

彼がもし自分を『好き』と言ってくれなかったら、自分はこの『恋』に気づかなかったかもしれない。

ぼーっとして、トロイからなのか、奥手だからなのか。

一堂が他の女の子との付き合いを止めなくても、他の女の子とHしてるって聞いてても、それほど強い嫉妬《しっと》にかられることもなかった。

だって、彼は自分を特別だと言ってくれたのだ。だから特別ではない人々との付き合いをどうこう言ってもしょうがない。

バイクで遊びに行っても、バイト仲間の連中と飲みに行っても、彼の学部の連中が彼を取り巻いても、仕方ないと思えた。

自分だって同じようなことをしているから。

一緒にいれば楽しいけれど、それは『いつでも』ではない。学校の話や本の話はあいつとは趣味が合わない。そういう部分で楽しむには同じ趣味の人間と一緒の方がいい。というか、彼とはそんな趣味とか遊びとかじゃない部分で一緒にいたいと思うから。

それぞれがそれぞれの生活を持って、重なる部分だけを大切にすればいい。互いにがんじがらめに締め付け合って違う部分を拒否するようになるよりもずっといい。

なのに、高村から聞かされた会田の話は酷く俺を打ちのめした。

どうして、その娘の話を自分にしてくれなかったのだろう。

生活費にも苦労している中で、何故その娘には高価な指輪を買ってやったりしたのだろう。

多分、それは初めて感じる嫉妬。

自分だけが特別な筈だったのに、自分だけが特別だから何もかも我慢出来たのに、自分以上に一堂に特別扱いされているかも知れない人間の存在を知って、俺は初めて彼に対する独占欲を目覚めさせた。

彼を誰にも盗られたくない。どんな人間にも、自分以上に彼の側《そば》に近づいて欲しくない。こんなにのほほんとした自分の心の中にこれほど強い気持ちがあるなんて、自分でも驚くほど。

彼を失わないで、今を続けるためなら何をしてもいい、そんなことさえ考えてしまうほど一堂が必要。

だがこっそりと探した会田の姿。

確かに高村の言う通り、彼女は美人だった。今まで自分が注目しなかったのが不思議なほど目立つ存在だった。

目ばかり大きくて背も低い自分とは違う、切れ長の瞳に長い髪。薄く色を脱いたそれを髪留めでちゃんと纏めて、スタイルのいい身体を意識しているかのようにピッタリとしたスポーティな服を着て颯爽《さっそう》と歩く。

講義の時も、いつも前の席に座って真面目に授業を受けている。女友達も多いようで、いつも笑顔を見せていた。

申し分のないような女の子じゃないか。

ちょっと気は強そうだけど、一堂はそういうのもきっと好きだろうし。

高村だけでなく、他の何人かも彼女を狙ってるフシがある。

もしも、彼女に勝る部分を自分に見つけられたら、少しは安心出来るかと思ったのに、それは却《かえ》ってヤブヘビだった。

彼女の右手の指に輝く赤い石の指輪。

それがきらきらと眩《まぶ》しい。

彼女なら、感情も、そして本能も一堂を満足させてあげられるのかも知れない。

俺に手を伸ばしている時に見せる顔を、彼女にならなら見せるのかも知れない。

いいや、きっと今までの女の子達にだって見せていたのだろう。ただ自分がそれに思いが及ばなかっただけで。

嫌だ――。

強烈な拒否が胸に湧く。

見ようとしなかったから、気づかなかったものがどんどん暴《あば》かれてゆく。

本能でも、遊びでも、自分だけが大切にしたいと思うもののカケラでも、他人には渡したくない。

身勝手で傲慢《ごうまん》な欲望だとわかっている。けれど一度考えだしたら止めることが出来ない。

男のセックスが何でフィニッシュするか知っている。けれど男の身体にはそれを受け止める場所がない。だから今までは仕方ないよね、と笑っていられた。

けれどそれさえも、嫌だと思ってしまう。

女を抱く手があるなら、それを俺に欲しいと思う。女で味わう快感があるなら、自分で味わって欲しいと思う。

そんなこと、出来る筈がないのに。

バイトをしてるから当然なんだけど、電話をかけてもいつも繋がらなくて、曖昧《あいまい》な疑問はそのまま
ずっと胸に残った。

しこりのように重たく堅く『ねえ、会田って娘《こ》は俺よりも特別？　そうじゃないならもう付き合わ

ないで』という一言が深く沈降する。

苦しい、苦しい。

今すぐに一堂の所へ行って、彼の顔を見たい。そしてあの指で触れて欲しい。他の女よりやっぱり俺の方がいいと言われたい。

そんな事ばかり考えていたから、勉強なんか少しも頭に入らなかった。すぐに訪れた期末テストも見事なほど散々《さんざん》な結果だった。

それでも、春休みになればきっと何とかなる。だって休みになれば誰の邪魔も入らない場所で彼と二人っきりで過ごせるのだから。そこでなら聞きたかったことを全て聞くことができるだろうから。肩に重荷を載せたまま歩むような日々を過ごして試験休みを迎えた時には、もうすっかり俺の頭の中はそればかりだった。

一堂に会えれば、それで全てがハッキリするから、と。


「では国文ⅠAクラスの最後のテスト終了を祝って、皆様お手元の紙コップをどうぞ」

お調子者の桑田《くわた》の音頭《おんど》で皆が銘々《めいめい》コップを掲《かか》げる。

「では、結果は別としてとにかく今はこの解放感にカンパーイ」

「カンパーイ」

さざ波のように広がる低い乾杯の声の中、俺も小さく囁《ささや》いた。

「カンパイ」

コップの中身はもちろんビールだ。日本の法律には反することだけれど、大学生の一般通念《いっぱんつうねん》ではまかり通る『大学生になったら酒もＯＫ』を地で行くような飲み会は桑田の狭いマンションで。

中期の試験の時は女の子も誘って居酒屋に行ったのだが、今日は『トクベツ』な事情があるからと、裕福な桑田の部屋で男ばかりが七人も。

「あんまり飲めないなら途中でジュースに変えろよ」

と親切に言ってくれるのはもちろん足立だ。

彼は自分の弟が俺に似ているからとかでいつも親切にしてくれる。

「うん、平気。父さんの晩酌《ばんしゃく》に付き合ってたから結構イケル口なんだよ」

「へえ、人は見かけによらないな」

「だろ？」

六畳二間を間の引き戸を外して続き間にしたとはいえ、男ばっかり集まると本当にむさ苦しい。

テーブルの上には所狭しと並んだつまみ。サキイカにイカ燻《くん》にチーズたらにサラミ。腹が空いたらこれで埋めるようにと中央にでん、と居座るデリバリーのピザ。

それぞれが部屋のあちこちに集まって終わったばかりのテストの話やこれから来る短い休みとその後の春休みをどうするか話し合っている。

会田のことで落ち込んでいた高村も、今は桑田と一緒に新しい女の子とのコンパの話をしていた。

「須賀、ここんとこ元気なかっただろう。体調悪かったのか？」

ちびちびとビールを舐《な》める俺に足立がまた声をかけた。

「え？　…うん、ちょっと風邪《かぜ》っぽくって。テスト、今回はダメだったみたい」

「そうか。でもまあ、また次もあるしな、仕方ないな」

「次は二年になっちゃうけどね」

「…そうなんだよなぁ、須賀は俺と同じ年なんだよなぁ」

「何？　また弟さんのこと思い出したの？」

頭を掻く足立にクスリと笑う。

彼は上京組で、大学に入る時に田舎《いなか》に大切な弟を置いて来たのが心残りなのだそうだ。

「弟さん、まだ高校生だっけ？」

「そう、今年二年」

「じゃあ去年親御《おやご》さん大変だったろうね、息子二人とも受験で」

「ああ、ピリピリしてたよ。その下の妹もついでだってことで中学受験したし」

「え、妹もいるの？」

「ああ、三年間隔《かんかく》で三人。もう少し考えて子供作れって言うんだよな」

彼はずり落ちた眼鏡を指でちょいっと上げた。

「本当に似てるんだよな、須賀」

「弟さんにだろ」

「うん、妹にもかな？」

「気のせいじゃないの？」

「違う、違う。だって一堂も言ってたもん。俺とお前が似てるって」

思いがけない所で出た名前にドキッとする。

「一堂が？」

彼は今何をしているだろう。試験は同じ日に終わった筈だからきっと同じように彼の友人達と打ち上げてるだろうか。

「そうそう。あいつの店に飲みに行った時、いきなり人の眼鏡取り上げてさ、『おう、やっぱりだ』とか何とか言ってたよ」

「へえ」

「あいつが俺に親切なトコロがあるのは俺がお前に似てるからじゃないかな」

「親切って…」

「彼女連れてったらスペシャルフルーツっての作って出してくれたよ」

「よかったじゃん」

「まあね。だから俺はどうも高村の言うことが信じらんなくてさ」

また胸が鳴る。

ずうっと頭の中に残ってる不安と疑問は未《いま》だ薄れることもない。

一堂は会田をどう思っているか。いや、会田だけじゃない、他の女の子の中で自分に近いほど心を寄せてる者はいないのかどうか、その質問はまだ出来ていないのだ。

「高村の言うことって？」

焦《あせ》る心を隠して、俺は何げない顔で聞き返してみた。

「ああ、ほら、あいつが会田狙いだってのに彼女に手を出したっていうの」

「足立は違うと思う？」

「うん、どうもしっくり来ないんだよな。ほら、一堂って何でもやりたいようにやってるみたいだけど、本当にやりたい事しかやらないって感じがするじゃないか。まあ、お前はそんなのとっくにわかってると思うけど」

「何もかもわかってるわけじゃないよ。だからその…、もうちょっと足立の考えを聞かせてよ」

「考えってほどじゃないけど、あいつが本当に会田が好きになったら高村が会田狙いって知ってるんだし、何かわざわざ高村の所に来て『あいつは貰った』くらい言いそうじゃないか。それに、やりたい事は何でもやるヤツなんだから、試験中でももっと会田に会いに来てたんじゃないかと思うワケだ」

「うん」

「でも会田にもお前にも全然会いに来なかっただろ？　ってことはあいつには今それよりやりたい事

があるんじゃないかなって」

「うん」

そうだよね。

好きなら俺に会うより先に会田の所に行くよね。でも彼は一度も俺達の学部に足を向けなかったものな。

「ま、高村を振る理由に一堂を利用したって考えるのが一番ピッタリしてるよ」

「振る理由？」

「だって一堂なら高村よりかっこいいし、他の学部の人間だから迷惑もかからないだろ。指輪だって咄嗟《とっさ》に言っただけじゃないのか。会田って頭回りそうな女だから」

俺は足立をじっと見上げた。

「…何？　どうしたんだ、須賀」

「足立って、俺よりずっと頭いいなあと思って。俺、そういうこと考えつかなかった」

「はは、お前奥手だもんな。でも女なんて、結構嘘つきだぜ。もちろん男もだけど」

謙遜《けんそん》するように彼は笑ったけど、俺にとっては目の前がぱあっと開けるほどの説明だった。

そうか、会田が一堂と付き合ってるとか指輪を貰ったと言ったのは本当かも知れないけど、それが事実とは限らないんだ。今足立が言ったように彼女が何らかの理由で嘘をついた可能性だってあるんだ。

俺はテーブルに手を伸ばしチーズたらを一本取ると、ぱくんと一口齧《かじ》った。

安心すると同時に少しでも一堂を疑った自分を恥じた。

「恋愛すると、ものが見えなくなるって本当だね」

その一言は自分への反省のつもりだったんだけど、足立はその意味を高村の怒りに向けてと誤解したのか一言だけ呟くと軽く俺の肩を叩いた。

「ま、そういうことだ。許してやれって」

俺達がそんな話をしている間に、宴はたけなわになり、既《すで》に床のあちこちにビールの缶が転がり始めていた。

ピザもその殆どがそれぞれの腹に消え、暖房のせいもあって食べ物とアルコールの臭いが部屋に充満していた。

「足立も須賀もこんな隅っこで何暗く話してんだよ」

パーティのホストとも呼ぶべきこの部屋の主《あるじ》の桑田が顔を赤くして近づいてくる。

「これからが本番なんだからもっと前に来いよ」

もう十分騒いだというのにまだ何かあるんだろうか？

「ケーキでも出すの？」

その一言に桑田はちょっとヒステリックな笑い声を上げた。

「なーに言ってんだよ。そんなもの食いたがんのはお子ちゃまの須賀くらいなものだよ。今日はもっとオトナなメインディッシュがあんの」

そして意味深な顔をする。

「今日はな、お子ちゃまな須賀とフラレた高村のためにとっときのビデオを用意したのさ。おい、足立、もっと前に出てこいよ」

足立は知っているんだろうか?

俺が見ると彼は鼻の頭をパリパリと掻いた。

「俺は須賀にはまだ早いと思うんだけどなぁ」

「何言ってんだよ、足立は過保護なの。こいつだってもうすぐ二十歳《はたち》なんだぞ。知識が足んなくてイザって時に女の前で恥かいたら可哀相《かわいそう》だろう」

「それはそうだけど…」

「俺がこの日のために先輩から借りたノーカット無修正三本立てだぞ。ほら、二人とも前、前」

ためらう足立の腕を取って桑田は俺達をテレビの前まで引っ張って来た。

もう一人の主役らしい高村は別の友人ともう既《すで》に場所をキープしている。

「ノーカット無修正って、ひょっとしてアダルトビデオのこと?」

それくらいの想像はつくから口にしたのだが、本当に過保護な足立は意外そうな顔を見せた。

「観たことあるのか?」

「一度、一堂の部屋で観たよ。でも困るな、俺、そういうの苦手なのに」

「どうせビデオが流れればみんなそっちに夢中になるから、嫌だったら隣の部屋にでも行けばいいよ」

「うん」

「さて。いいか、みんな」

ざわつく観衆を前に桑田はラベルのないビデオを三本、奥の部屋から持って現れた。順番を表すものなのか、1、2、3のシールが貼ってある。

「今から今夜のお楽しみだ。我がラグビー部の愛すべき内海《うつみ》先輩からお借りした初心者から上級者まで楽しめるものらしい。このために女の子と一緒の打ち上げを止めてヤローばっかりの飲み会にした、その甲斐《かい》があるものと信じてくれ」

オーッ、と大きな声が上がって皆の意気が盛り上がる。落ち着いてるのは俺と足立くらいなものだ。

「中身知ってるんだろ、教えろよ」

「俺だって知らないよ。楽しみにしてんだから」

「これでマジ酷かったらすぐに新しいの借りに行かせるからな」

「わかってるって。まず最初はホモビデオだ」

盛り上がった声が一気にブーイングに変わる。だがそれを手で制して、桑田は後を続けた。

「まあまあ、俺だってヤローの見ても楽しくないけど、この順番で見るようにって言われてんだよ。その次が外国モノのノーマルで、最後がメインのしっとり日本モノ、3Pだ。後のが美味しくなるように最初は手馴らしってことだ。あんまり酷かったら止めてやるから我慢しろ」

桑田は集まった友人達をかきわけてビデオに近づくと、デッキのスイッチを入れた。

機械の動き出す音がして赤いランプが点灯する。それからまず『1』と書かれたシールの貼ってあるビデオを取り上げるとその口にほうり込む。

一瞬の間《ま》があって、機械はそれを受け入れた。

何度かちらつく白い線。一瞬真っ暗になった画面に続く稚拙《ちせつ》なカメラワークの映像。

喉《のど》の鳴る音さえ聞こえそうに静かになった部屋の中、誰かの電気を消せという声に部屋は薄暗く闇に沈んだ。


ビデオは、部屋の中の誰もが満足するような内容のものだった。

最初の一本は意外なことにさして一同の不評を買うことなく一応最後まで回された。

続く二本目は、裸は十分だが何だかスポーツのように大味で、普通のAVと変わりないものだった。

けれど三本目は、話もしっかりしてて、皆が入れ替わり立ち替わりトイレへ駆け込むような内容で、足立でさえも『ちょっと』と言って席を外して行った。

俺は、皆が想像していたようにビデオの途中で座を外し、一人隣の部屋で気の抜けたビールをちびちびと呷《あお》っていた。

けれどその理由はみんなが思ってするように奥手な俺が恥ずかしがって逃げたというものじゃない。

ビデオを見てショックを受けたことは確かだが、それは恥じらいではなかった。だって男と女がするHならちゃんと知ってる。Hなビデオも初めてじゃない。

俺が受けたショックはもっと別のカルチャー・ショックだった。

最初に見せられたホモビデオの映像が、俺が今まで抱いていた男同士のセックスに対する知識を覆《くつがえ》すようなものだったからだ。

それは素人《しろうと》の男性と女性をスカウトして来て、プロの男優が弄《もてあそ》ぶようにHをさせるもので、純然《じゅんぜん》たるホモビデオじゃないんだろうけれど、かなりきわどい内容だった。

照れるように笑いながら男女が互いの身体に触れ合ってる冒頭のシーンはみんなも結構真剣に見ていた。だが、中盤くらいに若い男性がAVの男優の相手をさせられている所になると、緊張が解けて肩の力を抜くようなタメ息が聞こえた。

けれどそここそが、俺の一番驚いた場所だったのだ。

変な仮面を着けた男優は、若い男の身体をさんざん触った後、その手を彼の背後に持って行った。

何かの泡で濡らした手は、お尻を触り、指を一本だけ伸ばすとその穴の中へ突っ込んだ。

「足立、あれ何してんの？」

隣に座った友人の袖《そで》を引いて質問をすると、その返事は簡単且《か》つ驚きのセリフだった。

「アナルセックスだろ。女のアレの代わりに後ろを使うんだよ」

初めて聞く言葉をあっさりと口にされて頭が混乱する。

「お、お、お、…お尻の穴？」

「男と女でも使うんだよ」

「だってそんな事できるの？」

「できるんだろ、やってるから。まあホモはそういうふうにするって言うし、男はあそこに挿《い》れられると気持ちいいらしいよ」

「うるさいぞ、そこ」

質問も答えも、罵声《ばせい》に止められて打ち切られた。

テレビの画面では、確かに足立の言う通りＡＶ男優の指が男の身体に吸い込まれる。そして次には…。

呆然《ぼうぜん》とした俺はそのまま動きを止め、はっと意識を戻した時には既にテレビは二本目の映像を流していた。

男の人と男の人は、そういうことが出来ないんだと思っていた。だから自分達は触りっこしかしなかったし、一堂の本能は女の子に向かうのだと思っていた。けれどもしもそれが本当なら、別に性別を捨てなくても俺は彼を受け入れることが出来るじゃないか。

彼の男の性が抱いてる相手を征服して、満足を得たいと思う気持ちを独占出来るかもしれないじゃないか。

あの手を、あの時の切ない顔を、もう誰にも見せずに済む。

飲み続けたアルコールで思考がちょっと飛んでいたせいもあるかも知れない。

背後に流れるエロティックな映像と音声に刺激されていたのかも知れない。

けれどその時、俺は何か凄い名案でも考えついたかのように早く一堂に会いに行きたいと思っていた。

女の子とのHにも興味はあるけれど、好きな人とのHの方がもっと興味がある。見知らぬ誰かの裸より、一堂の大きな手の方がずっとドキドキする。

だから、早くこの欲望の宴《うたげ》から抜け出して、彼の部屋へ向かいたいと、本当に思っていたのだった。


けれど実際は、彼の部屋を訪れるまであと一週間もかかってしまった。

毎日時間を見計らってかける電話が繋がったのがやっと一週間目だったからだ。

「何だ、珍しいなこんな遅くに」

と言いながら怒りもせずに受話器の向こうから語りかける声。

「…今、すごく忙しい？」

バイトで疲れていると知ってるのに電話してしまう自分のあさましさを心の中で詫《わ》びながらも切ることが出来ない。

「いや、別にいいよ。どした？」

電話の感度がいいのか、自分が彼をそれだけ望んでいるのか、声はまるで耳元で囁いているかのように聞こえた。

「会いたいんだ…」

「え？」

「俺、すごく一堂に会いたいんだ。春休みになったら旅行するってわかってる。そのためにバイトで忙しいのもわかってる。でもどうしても会いたいんだ」

小さな笑い声は耳をくすぐった。

「ホント、珍しいな。潤がそんなこと言うなんて」

「ダメ…？」

「ダメなことないさ。それじゃ明日の夜来いよ。十一時過ぎならいるから。泊まれるようにして来たら泊めてやるよ。どうせ試験後の大学の講義なんてもうオマケみたいなもんだろ、歯ブラシだけ持ってくればいいさ」

ヨコシマな俺の気持ちを知ってか知らずか、一堂はそんな誘いをくれた。

「でもタマには会わない時間を作るのもいいもんだな。潤がそんなふうに会いたいって言い出してくれるなら」

もう、今ならただの『好き』と恋をしている『好き』の違いがわかる。

「そうかも。顔が見えなくてこんなに寂しくなるほど心が寄り添ってるなんて気がつかなかった」

「『心が寄り添う』か。相変わらずだな」

ただ『好き』は、会わなくても平気。相手も相手で楽しく過ごしてくれていればいいと思っていられる。けれど恋をしている時の『好き』は、たとえ相手が離れた場所でどんなに幸福であっても、自分がその顔を見ることが出来なければ意味がないのだ。

短い電話を切って、俺はそれを実感した。

会えるとなったらたった一晩でも我慢が出来ない。会ったら何をしようとか、どうやって自分の考えてることを伝えようとか、そんなことで頭が一杯になる。

翌日も、大学に顔を出しても朝から上の空。

一堂の言う通り、どうせ試験後の講義なんて付け足しみたいなものだからいいやと思えてしまう。

勉強が嫌いな人間ではないのに。

自分で時計の針を進めてしまいたいほど時の過ぎるのが遅くて、何度も腕時計に目をやった。

もしかして学食で偶然会えるかもと思っていつも彼が使う方の学食へも行ってみた。

けれど偶然なんて不確かなものはやっぱりなくて、俺は飢餓《きが》感にも似た気持ちを抱いたまま一旦家へ戻るとまだ主が帰って来ていないとわかっている一堂のアパートのドアを開けた。

それが夕方の五時。

怒られない程度に部屋を片付け、きっとお腹を空かせて帰って来るだろうと、覚えたばかりのカレーを作って彼を待つ。

会いたいと、願う気持ちが恋ならば、俺は初めて彼が自分に対してとても辛抱《しんぼう》強く接してくれていたのではないかと思った。

恋愛初心者だからこんなに強く思うのかも知れないけど、彼が本当に自分を好きで、愛していてくれるのだとしたら、ボーッとしてる俺のスローペースに合わせるというのはとても大変なことだったんじゃないだろうか、と。

水商売だという隣の人も慌《あわ》ただしく飛び出して行ってしんとするアパート。

コタツに足を突っ込んで、テレビを点けて、たった一つの足音が響くのを待つ。

退屈《たいくつ》から来る眠気が忍び寄る頃、ようやくその音は聞こえて来た。

カギを開けて姿を現す一堂の顔。

「おかえり」と言いながら迎えに出て、『久々だ』と思い、またこの間の彼の言葉を思い出した。

確かに、どんなに短い時間であっても離れた後に会う愛《いと》しい人の顔には『久々』と思ってしまうものだ。

「ただいま」

一堂は背中を丸め、立ったまま靴を脱ぎ捨てた。

「早くから来たのか」

少し日に焼けた顔、大きな手、ぼそっと喋る低い声。

「うん、お腹空いてない？　俺、カレー作ったよ」

「潤が？　食えんのか？」

「ちゃんと母さんに習って一回家で作ってみたもん、大丈夫」

「そっか、でも食って来ちゃったんだ。そいつは明日にするよ。カレーは煮込んだ方が美味いって言うしな」

「そっか…」

「お前は？　食ってないのか？」

「味見したからそんなにお腹空いてない。後で空いたら食べるよ」

寒かったのだろう、部屋に入って来た彼の周囲の空気は室温と違ってひんやりとしていた。

「早くコタツに入って」

と手を引いて中に入れる。

暖めるために抱き着いた俺の手を、彼は優しく引っ張ってその隣に座らせた。

「俺に会いたかったって？　なんで急に。何か辛いコトでもあったのか？」

定位置に座って見上げる一堂の顔。

男らしくて、カッコよくて、働いてきたせいかすごく大人な顔だ。

「うん…、これは聞かなくても答えが出たからいいんだけど、一応聞くね。一堂、ウチの学部の会田って女の子と付き合ってる？」

「会田？」

「そう、高村が狙ってたっていうカッコイイ女の子。彼女が自分は一堂と付き合ってて指輪も買ってもらった仲だって高村に言ったらしいんだ」

「高村って誰だよ」

「この間学食で会ったじゃん」

「そんなの忘れたよ。会田は覚えてるな。結構ナイスバディの女だろ。でも付き合っちゃいないぜ」

「でもそう言ってたって」

「大方その高村ってのをフるのに俺の名前を利用したんだろ、遊び人だからいいと思って。…ヤキモチでも妬《や》いたか？」

ジョークのつもりなのだろう、彼は笑って聞いた。

「うん、すごくショックだった」

だから俺がそう答えると、彼は少し複雑そうな顔をしてから真面目にもう一度否定の言葉を繰り返してくれた。

「絶対そんな女と付き合ってねぇぞ。第一指輪買う金があったらお前にメット買ってやるよ」

「いいな、それ。でも俺今度免許取るから自分で買うよ。それに、その心配は足立が否定してくれたからもうそんなには気にしてないんだ」

「足立って、あの眼鏡のヤツだろ。じゃあ感謝しとくかな」

どこに向かってかわからないけれど、彼は片手を上げてお経《きょう》を唱《とな》えるように何事かを祈ってみせた。

「あいつ、俺に似てる？」

「ああ、似てる、似てる」

冷たい指先が暖を求めるように俺の手を握る。

「何かお前ら兄弟みたいだよ」

「足立の弟に似てるんだって。だから随分《ずいぶん》面倒見てもらってる」

「あいつとならいくら仲良くしてもいいぜ。ちゃんと彼女いるの知ってるから」

「それってヤキモチ？」

「かもな。で？　それじゃないなら会いに来た本当の理由は？」

俺はその冷たい手を自分から握り返した。

「…上手く言えないけど、一堂のこと『好きだ』って気が付いたから」

「今更？」

「うん、今更。ずっと一堂のこと『好き』だったけど、今は多分もっと『好き』。他の人と付き合ってるって聞かされて初めて一堂に恋をしてるってちゃんと自覚した」

ゆっくりと、顔を寄せてキスしやすい距離まで詰める。

「今までは、先に『好き』って言われて浮かれてたけど、今度は自分の中から『好き』って気持ちが出て、それで会いたくなったんだ」

最後の短い距離は彼の方から詰めてくれて、冷たい唇が優しくキスをくれた。

「嬉しいな」

照れるようにはにかんだ顔。

「お前が自分からそう言ってくれるんなら、本当にそうなんだろう」

「うん、本当。このままここに住めって言われたら親を説得しに行けそうなくらい、ずっと一堂と一緒にいたい。…一堂もそうだった？　だから俺と同じ大学に来たの？」

「ああ。大学なんか行かなくてもいいと思ったけど、そんなふらふらしたヤツと付き合うこと、お前の親が許してくれそうもなかったし、何より年を取っても同じ学校行ってりゃＯＢ会とかで会えるだろう。ずっと一緒にいられないなら、少しでも一緒にいられる理由を作りたかった」

「…嬉しい」

ためらうことなく返すキス。

ぎこちなく唇を開き、舌で暖めるように彼の唇を濡らす。

もしかしたら初めてかもしれない、自分からそんなことをねだるなんて。

「抱いて…」

「一堂…抱いて」

合わせた唇の端から零すように囁く願い。

返事の代わりに深くなる口づけ。彼の長い腕はそれに応えて俺を抱き締めた。

体の中で、きゅんっと何かが締め付けられる。

誰も教えてくれないことだけれど、それは好きな人に抱かれる快感だとわかってる。きっとこれもまた本能。

友人と抱き合っても、親に抱き締められても、決して味わうことの出来ない感覚は、自然に生まれて自然に広がる。

キスしながらゆっくりと倒れ込む身体。彼が戻る前から電気ストーブを点けっぱなしにしていた部屋は十分に暖かかったから、一堂は足を入れていたコタツから出て、いつも邪魔だと思っていたその足を乗り越えるようにして俺の隣に来た。

「狭いな…」

堅い畳の上でもう一度抱き締められる。

「くっついてれば平気」

「お前の身長だとそうかもしれないけど、俺には狭いよ」

言いながら早くも手は服をたくし上げる。暖まっていたはずなのに、外気に晒《さら》されると少し寒くて身体が震えた。

「一堂…」

手が滑る胸。

「あのね…、今日は…」

小さな突起に触れられると、今度は別の意味で震えが走る。

「…他の女の子を抱くみたいに抱いて」

キスした唇がずるずると下がって指と一緒にそこを濡らす。押し上げられるように俺の頭は戸口の方へ上がった。

「どういう意味だ？」

「他の女の子達とHして欲しくないって思うから、もう他の娘としなくていいようにしていいよ」

「潤？」

せっかくその気になっていたのに、胸にあった顔は離れ彼が身体を起こす。長い髪がぱらりと落ちてその表情を見えにくくした。

「何言ってんだ？」

俺も彼よりは短い前髪を掻き上げてちゃんと一堂の顔が見えるようにする。

行為を続けては欲しいけれど、話をする間は剥《む》かれた服が恥ずかしいから、ごそごそと一旦それを整えた。

「だから、一堂が『好きだ』って自覚したら、他の女の子とHされるのは嫌だって思ったんだ。そういうのは全部、俺だけにして欲しいって」

一堂は困った顔をした。少なくとも俺にはそう見えた。

「でもそれはだな、男の本能が…」

「本能でも何でも、俺は嫌。…もちろんわがままなお願いだからダメって言うなら仕方ないけど」

「ダメっていうか…。俺はお前みたいに淡泊《たんぱく》じゃないからやっぱりやりたい時ってのはあるんだよ。

そういう時に一々呼び出されたりしたらイヤだろ？　潤には潤の生活があるわけだし。だから適当な女で捌《さば》かしてるんだ」

「いつ呼び出してもいいよ。今まではだったら困っちゃったかも知れないけど、俺だって一堂が一番好きだから」

「でもな…」

一堂はふだん見せたこともないような顔でバリバリと耳の後ろを掻いた。

まるで何かいい言い訳が無いかというように部屋の中をうろうろと彷徨《さまよ》わせる視線。

「俺だけじゃ足りない？」

「そうじゃない。そうじゃないんだ」

「やっぱり女の子じゃないとダメ？」

一堂は参《まい》ったなあ、という顔で長い息を吐いた。

「俺だって、本当に抱きたいと思うのはお前だけだ。これは誓ってもいい。ただその…、自分でもスケベなヤローだと思うんだが、そういう欲求があって、それは女じゃなきゃダメじゃないかと思うワケだ」

しどろもどろな言い訳。

でもそれじゃわからない。

それともこういう事？　俺はこの間知ったばかりの事実を踏まえてそれを口にしてみた。

「女の子とHする時は、ちゃんと最後まで出来るけど、俺とだと触るだけで終わっちゃうから？」

彼はちょっと驚いた顔をしたけれど、素直に頷いた。

「そうだ。やっぱり男だからインサートしたいと思うんだ」

「それなら、俺にしていいよ」

「…潤？」

口にする言葉が恥ずかしくて顔が熱くなる。でも他の人に彼を渡さないためには言わなければならない言葉だから、俺は勇気を出して口にした。

「男同士って、後ろの…その…穴を使うんだって。アナルセックスって言うんだって。だからそうすれば俺と一堂でも女の子とするみたいに出来るでしょう？」

だが一堂は驚くだけではなく、怒ったように俺の腕を摑んだ。

「そんな事、誰から聞いた」

「痛っ」

声を上げるとすぐに手は力を緩めたが、放してはもらえなかった。

「…ビデオだよ。この間みんなで飲み会した時にアダルトビデオ見て、その中にそういうのがあったんだ」

「変なことされなかっただろうな」

「されないよ、大勢いたし。足立も一緒だったもん。ビデオの中で、男同士でそういうふうにやってたんだ。だから俺と一堂でも…」

出来るでしょう？　と言う筈だった。けれど最後まで言う前に、彼の荒らげた声が被《かぶ》さり言葉を消してしまう。

「そんなこと出来るわけねぇだろ！」

「…だってビデオで…」

「そんなのは手慣れたAV男優だから出来ることなんだよ。普通にやったら切れて流血沙汰《りゅうけつざた》になっちまうんだぞ。考えてみろ、俺のアレがお前ん中に入るもんか。そんな事出来るんならとっくに…」

ハッとしたように一堂が口を噤《つぐ》む。

「『とっくに』？」

「と…、とにかく。そんな事普通のヤツが出来ることじゃねぇんだよ。特にお前みたいな細い腰したやせっぽちにはな」

「一堂、そういうふうに出来るって知ってたの？」

そうだよな。どうして考えなかったんだろう。

俺なんかよりもずっと恋もセックスも詳しくて大人な彼が、足立ですら知っていたことを知らないわけはなかったんだ。

なのに彼は今まで一度として俺にそんな事を言ったことはなかった。試してみようかなんて言葉すら。

「俺じゃ出来ないと思ったの？」

俺のペースに合わせてね。

俺はトロくて奥手だから、俺を大切にしてね。

好きだから、ゆっくりと恋愛してね。

そんなわがままに付き合って、ずっとずっと我慢していたの？

「俺が最初からそういうこと知ってて、してもいいよって言ったら、他の女の子としなかった？　俺がそういうの知らなくて、俺としたら俺が痛い思いをすると思ったから言い出さなかったの？」

今度は俺が彼の腕を取った。

「ねえ、一堂」

唇が噛み締めるようにもごもごと動く。短い沈黙があって、観念したかのように彼は首を縦に振った。

「…そうだよ。お前に挿れられるんなら、他の連中なんてどうだってよかったさ」

なんでだかわからないけれど、すごく泣きそうだった。

俺はいつもそうだ。

こいつが俺と同じ大学を受けると言った時も、最後の部分で信じてやれていなかった。きっとネを上げて逃げ出すだろうと思っていた。

今度も、そうだったんだ。彼が俺を好きと言って、俺の望む通りのペースで恋愛をすると言ってくれた本当の意味に、気づいていなかったんだ。

「いいよ、壊れても」

ごめんなさい。

「それでもいいから抱いてよ。痛い思いをしても、血が流れても、一堂に他の人を抱いて欲しくない。一堂が抱きたいのをずっと我慢してくれたんだから、俺がほんの短い間痛いの我慢するのなんか何でもない」

気が付かなくて、信じなくて、ごめんなさい。

「俺が我慢出来ないから、すぐに抱いて」

そして俺は彼の腕を静かに引きはがすと、自分から一枚ずつ服を脱いだ。


肌が触れ合うことに、まだ微かな罪悪感は持っていた。

裸を見られることに、まだ微かな羞恥を感じていた。

痛いぞ、血が出るぞ、と言われて少し怖くなった。

けれどそんなもの全部を乗り越えてしまえるほど、俺は一堂が欲しかった。

一堂が、どれほど自分を大切にしてくれていたかがわかって、自分がどれほど彼を独り占めしたいかがわかってしまったら、何も障害になるものなんかないと思えた。

「ローションも何も用意してないからな、こっちへ来い」

と言われて連れて行かれたのは小さなユニットバス。

一堂一人でも狭いからといつも銭湯を使うようにしていたのに、彼はそこへ湯を張りながら自分も服を脱いだ。

「お湯ん中なら筋肉も弛緩《しかん》するって言うしな」

と言いながら手を引いて俺を湯船に誘った。

筋肉が形作る彼の身体が折れて先にお湯に沈む。その上に座らされるようにして白くて細い俺の身体が濡れる。

まだ半分にも満たない量だったお湯は二人の身体が沈むと腹の辺りまで上がって来た。

「泣いて頼んでも、止めてやれないかもしれないぞ」

向かい合わせに座る格好になって近くなる顔。

「泣いて頼んでも…止めないでいいよ」

キスから初めて、いつものように手が身体を探《さぐ》る。

恥ずかしいから、いつも服を着たまま触れ合うばかりだった。けれど今日は違う、自分の全てが彼の前に晒《さら》され、彼の全てが自分の目に入る。

筋肉の張った肩に手を置いて、ゆっくりと自分を浸食する快感の波に攫《さら》われないようにする。変化する二人の感情と欲望が、目の前で互いに伝え合う。

「ん…」

大切なものを磨くように丁寧に、一堂の手が何度も俺を撫でる。

「女を抱く時にはもっと簡単に出来るんだけどな、相手がお前だと思うと怖いよ」

「ど…うして？」

「細くて、壊れやすそうで…」

「だって俺、男だよ？」

一堂はその言葉ににっこりと笑った。

「そうだな」

まるで今の言葉で許可が下りたかのように手が忙しく動き出す。

片手はまだ胸だけれど、もう一方は初めて後ろの方へ伸びて、固く閉じた場所に触れる。唇はもうキスではなく、それ以上に扇情的《せんじょう》な場所へ向けられ、肩や首や胸を舐め回した。

二人が動く度、身体が擦《こす》れてバスタブがキュッキュッと嫌な音を立てる。のぼせないように温くしている筈なのに、すぐに頭はぼうっとなった。

「あ…」

短く漏れる自分の声。

「い…」

それよりも大きく聞こえる換気扇《かんきせん》の音。

「ん…」

同じことを返してあげたいのに、上手く出来なくて、肩にしがみついていない方の手はただ彼のソコを軽く握るだけになってしまう。

彼の入口を解《ほぐ》すようにしていた手が一旦離れ、近くに置いてあったボディシャンプーをタップリと付ける。さっき指だけだった時には抵抗があった肉はセッケンのぬるぬるとした感触に負けてするりと指を呑《の》み込んだ。

「あ…」

「こうすると抵抗が少ないんだ。本当はローションがあればいいんだけどな」

一堂は、そういう事を本当にちゃんと知っていたのだろう。行動で、セリフで、それが伝わってくる。

ほんのちょっとなのに、その異物は喉元まで上がってくるような圧迫感があった。

「んん…」

「いいか、痛いか?」

と聞かれて俺は小さく答えた。

「い…痛くない…っ」

蠢《うごめ》く指が何か自分のものではないような感覚を呼び起こす。胸をまさぐっていた手はすぐに元気になってしまった前に触れ、いつものようにゆっくりと揉《も》みしだき始めた。

「あ…」

身体が揺れる度、小さなバスタブの海に波が立つ。

「いち…」

湯船に波が立つ度に、自分の身体の中にどうにもできない渦が出来る。

「一堂…」

少しずつ乱暴になる指はもう俺のことなんか考えていないようだった。考えているのはどうやって
ここを使うかということだけみたいだ。

いつも俺のために我慢して頑張って来てくれた一堂が、我慢ができなくなっている、それはとても
甘やかな感情を抱かせた。

女の子で代用しないで。俺がここにいて頑張るから。お前の我慢を、俺が壊してあげるから。

「挿れて…、早く…」

指だけでイってしまいそうになって、俺はせがんだ。

「もうダメ…」

だってまだ一堂は全然余裕なのに、俺だけがイってしまったらこうした意味がないじゃないか。

「早く…！」

言葉を受けて、彼は自分の足を閉じるとそこに俺の背をもたせかけるようにして身体を持ち上げた。

「膝、抱えろ」

それから手を伸ばしてタオルを取ると俺の口に押し込んだ。

言われた通り足を開いて膝を抱える。口の中で噛み締めたタオルに唾液《だえき》が染み込んでゆく。

「ん…」

指が抜かれて、入り口に何か大きくて、堅くて、柔らかいモノが当たる。それはどんどんと堅さを増して、身体を割るように中に侵入して来た。

「…んんっ！」

バシャッと波が立ち、お湯が零れる。それでも一堂のソレは侵入を止めなかった。

「…ぐ…ん…」

涙が零れて、痛みが走る。ぴりっという音が聞こえた気さえした。

内襞を圧迫して入って来る熱。

耐えられなくて、しがみついた手で彼の肩に爪を食い込ませる。しまったと思って開けた薄目の向こうには、同じように余裕の無くなった一堂の顔が陶酔《とうすい》したように俺を見ていた。

「泣いてももう、止まんねぇよ」

止める必要なんかない。これくらいなら耐えられる。そう言おうとした口はタオルで塞がれているから、くぐもった音が漏れるだけだった。

「ん…う…」

深く入る異物を締め付けて、快感を勝ち取る。

「ん…」

ゆっくりと動く身体に頭がもうろうとする。

「んんっ…ん…っ！」

痛くて、気持ちよくて、体中が痺れて来る。

そして狭いユニットバスが水浸《みずびた》しになるまで、俺は彼に抱かれ、彼は俺を味わった。

感情と本能と快感を一つにした欲望が全て満足するまで。

俺が遠く意識を手放すまで…。


彼と身体を重ねたことも、痛みを一身に受けて倒れ込んだことも、少しも後悔なんかなかった。

目覚めた時に、毛布でぐるぐる巻きにされてうつ伏せにコタツに寝かされていたことも、幸福ではあったけれど後悔ではなかった。

そう、幸せ。

彼を全身で受け止めることが出来て、もう一堂に我慢なんかさせずに済むと思って。

けれどももしもほんの少し後悔することがあるとすれば、きっと自分が不用意に漏らした言葉だろう。

こんなに激しい彼の愛情を、少しも余さず全部自分が受け取る体力があるのだろうか、と。

「一堂…」

隣でずっと俺の寝顔を見ていたらしい顔が少し微笑む。

「何だ」

「もう、浮気しないの？」

「ああ、安心しろ」

もしかして、やっぱり女の子にもちょっとはちょっかい出したいなんて言うかなという期待もあった。そうしたらこれから先自分に注がれるであろう彼のエネルギーが少しは減るかな、なんて。

けれど俺はいつも最後が甘い。

一堂はいつだって俺の願いを叶《かな》えて、約束を守る男なのだ。

「一番の味を知ったから、もう二度とそれ以外には手は出さねぇよ」

そう言ってくれる彼の言葉を喜びながら、俺は密《ひそ》かにこう思った。

俺はソレに耐えられるような体力を作らなきゃ。そうしないとまた彼を他の人に持っていかれちゃうかもしれないって不安に襲われてしまうから。

けれど…。

「まあ、お前の身体のことを考えて一週間に一度くらいにしといてやるよ」

…果たして俺はソレに耐えられるんだろうか、と。

僕もソレが欲しくなる

『一堂猛《いちどうたける》』という男は、高校の時から男も憧《あこが》れる男としてちょっとした有名人だった。

ハンサムだし、スポーツ万能だし、それに見合った逞《たくま》しい身体を持ち、社交的。勉強の方はあまり成績が良いとは言えなかったが、それでも本気をだせば簡単に平均以上に行ける人間だった。

けれど『須賀潤《すがじゅん》』、つまり俺はわりと平凡《へいぼん》な男だと思う。

顔は一部の人間は可愛《かわい》いと言ってくれるがアイドルほどではないし、スポーツは平均値、勉強は上の部に入っていたが、天才にも秀才にも届くほどではない。

そんな俺達が出会ったのは高校の時で、不釣り合いと言われながらも友情を育《はぐく》むことができたのは奇跡に近かった。

けれど、そんな一堂が自分に恋をしている、恋人になろうと言ってくれたのは正《まさ》に奇跡そのものだった。

彼のことは好き。

でも遊び慣れて経験豊富な彼と自分が上手《うま》くやっていけるかどうかが不安。

男と恋愛したこともなかったし(女性相手もだけど)、自分が彼に不釣り合いだと思っていたから。

けれど一堂は本気で俺のことを愛してくれて、新しく始まった大学生活と共に、俺達の恋も順調に進んでいた。

『凄く』が付くほど誰かを好きになれることは幸福。

その好きな人が自分を好きになってくれることも幸福。

そして今、俺はその特別な幸福に酔っていた。

一堂と恋人でいられる、簡単だけど奇跡的なその恋愛に酔っていた…。


『男と男の性交には常に衛生的《えいせいてき》という言葉を忘れないこと。

女性器の代わりに使用する肛門《アナル》は、非衛生的な場所なので、使用する場合には内側に指を入れてよく洗浄した方がいい。

ぬるま湯で筋肉を弛緩《しかん》し、爪で傷つけたりしないように注意すること。

それができない場合はかならずコンドームを着用するように。

体内で直《じか》に射精した場合はすぐに洗い流すように。残っていると腸に異常を来《きた》し、腹を下《くだ》すこともある。

男性の性感帯《せいかんたい》は女性と同じ数だけあるけれど、女性が膣《ちつ》の入り口付近が過敏《かびん》なのに対し、男性の場合は前立腺《ぜんりつせん》を刺激されると興奮する。

場所は睾丸《こうがん》の後ろ。指を第二関節まで挿し入れ、身体の前面の辺りを探ると見つけることが出来るだろう。

執拗《しつよう》にそこを刺激し続けると、男性でもインサートによる興奮を求めることが出来る…』

俺は自分の部屋で医学書に近いセックスの手解き書を読んでいた。

全然自慢にならないが、俺には全くそういう知識がないから、少しでも勉強しておかなくちゃと思ったのだ。

一堂は、俺を好きだから俺の身体を求めたいとハッキリ言った。

何度か求められ、身体を重ねたことはあるけれど、いつも自分は何もせず転がっているばかり。

よく男が嫌《いや》がる『マグロ』の状態でしかいられないのが嫌だったのだ。

知らないことは勉強すればいい。

他の人間で試すなんてことは絶対にできないから、こうして本を探す。

「コンドームか…」

口にするだけで顔が赤くなってしまうような単語だ。

自分と一堂が愛し合うためには必要なものだけれど、俺は今まで一度もそれを自分で買ったことがない。

同じように、挿入の痛みを和《やわ》らげる潤滑油《じゅんかつゆ》であるローションも、買ったことがない。というか、どこに売ってるものなのかも知らない。

全てが一堂任せ。

これはいけないことだよな。

経験豊富な一堂に飽きられてしまうかも知れない。

彼には誰もが『好き』になるところが一杯ある。

肩まである不揃いな長い髪、きりっとした眉、笑うと優しいけどいつもは鋭い瞳。十人に聞いて十人がハンサムな男だと言うだろう。

快活で、男気があって、ルックスがよくて。大学以外にもバイク仲間なんかの友人が沢山《たくさん》いる。

でも俺にはそういうものがない。

だから努力するしかないのだ。

彼と恋人になってから、ほんの少しだけど着る服にも注意を向けるようになった。こうやってホモの知識も詰め込んでいる。

それでも、まだどこかで不安なのだ。

『愛されていないかも』という不安じゃない。『愛されなくなってしまうかも』という不安だ。

恋愛に疎《うと》い俺は知らなかった。

恋をしたら幸福な気分だけではいられないのだということを。

誰かを好きになった時は、たった一つのことだけ考えていればよかった。その人に好きになってもらう、そのことだけ。こうしたら気に入ってくれるかな、ああしたら好きって思ってくれるかな。

方法は色々あるけれど、結局は『相手のため』という一つの目的だ。

でも恋愛が成就《じょうじゅ》して、お互いに好きと思うと、不安は一つじゃ済まない。

『こういうことしたら嫌われるかな』って思うだけじゃなく、彼の気持ちが変わらないように祈ったり、新しいライバルが現れないように願ったり。

一堂は、俺をずっと好きでいてくれるかな。

女の子と違う身体でも満足してくれるのかな。

話が合わない、性格が合わないと、ズレを感じたりしないかな。

彼を好きになったから。彼に好きでい続けて欲しいから。俺は一生懸命努力をする。

どうか、この幸福が一生ものになりますようにと願いながら。

「男性器と女性器は、元々基本的には同じものです…」

少し悩みながらも。


その勉強の一環で、俺は彼の大好きなオートバイのことや、その仲間達のことも知ろうとした。

結果がこれだ。

「あんまり吹き上がんなくってさ」

「プラグの掃除したのかよ」

「豪《つよし》のはマフラーが詰まってんだよ、掃除しろよ」

大きな公園の入り口、ズラリと並んだ様々なオートバイ。その傍《かたわ》らのテーブルセット（といっても公園造り付けのボロボロの木のテーブルとベンチのことだが）を占拠《せんきょ》してたむろってる男女の一群。もし自分がこの公園の側《そば》を通りがかっただけだったら、きっと側に寄らないように注意したであろう集団。

だが今、自分はその中にいるのだ。

「ねえねえ、紀子《のりこ》がサンドイッチ作って来たって、みんな食べない？」

「お、貰《もら》う、貰う」

「紀子家庭的じゃん」

「まあね」

日曜日。

今日は一堂のツーリング仲間の集まりの日だった。

大学で『日曜は神奈川《かながわ》にみんなで出るから』と彼から聞いていた俺は、つい言ってしまったのだ。

「いいなあ、俺も一回一緒に行ってみたいや」

それはちょっとしたヤキモチでもあった。

平日は当然大学があるし、大学は勉強をする場所だから、一緒にいられるのは昼食時か講義が終わった後だけ。最近バイトが忙しくなった一堂は、講義が終わると大抵《たいてい》はバイクに跨《また》がって仕事に行ってしまう。

せっかくの日曜日、本当なら恋人の自分と一緒にいたいと思わない？

これでも色んなことを（本当に色々なんだけど）勉強して、一堂のことを知ろうと努力もしてるんだよ。

一回くらいツーリングをキャンセルして、俺と二人でどこかへ行くことを考えてみない？

そんなつもりの一言だった。

けれど、一堂はツーリングをキャンセルはせず、俺のほのかな欲望も無視しない方法を取ったのだ。

「じゃあ一緒に来いよ」

そして俺は日曜の朝早く彼のバイクに跨がり、来たこともないこの公園のベンチで、見ず知らずの人達に囲まれてるというわけだ。

一行の中の女の子が作って来たサンドイッチを広げたテーブルに殆《ほとん》どの人が集まり、その輪に入っていけなかった俺は隣のテーブルで途中で買ったペットボトルのお茶を飲んでいた。

もちろん、一堂は腹が空いたといって隣のテーブルに飛んで行ってしまった。

付いてくる時の約束だった。最初に紹介はしてくれるけど、ずっと面倒を見るつもりはないから、自分で友達を作ること、という。

だから彼は彼でこのツーリングを楽しんでいるし、俺も寂しかったら自分から誰かに声をかけなくては。

けれど、周囲の人間は自分の友人とはタイプが違う。

どうやって声をかけたものかと悩んでいると、幸《さいわ》いにも一人、向こうから声をかけてくれる人がいた。

「えーと、須賀くんだっけ」

歳は俺達と同じくらいだろう、Tシャツにジーパン、革のジャケットを腰のところで結んだ格好は、いかにも『バイク乗り』といういで立ちだ。

「あ、はい。えっ…と」

「あ、俺は藤岡《ふじおか》。こっちは西村《にしむら》さん」

彼の後ろからもう一人、顔の半分を髭《ひげ》で埋めたクマみたいな人がサンドイッチを手に現れる。

二人は俺を挟《はさ》むように両隣に座った。

「今日、初参加なんだろ？」

「はい」

「どう？　気持ちよかった？」

声は穏やかで、話しやすそうな感じだ。

俺は緊張をしないように何度か深呼吸した。二人に気づかれないように、小さく。

「はい。ちょっと怖かったけど」

「須賀くんは、バイク買わないの？」

西村と紹介されたヒゲクマさんは、サンドイッチをパクつきながら聞いてきた。

「これに参加したってことは興味あるんでしょ、バイク」

「この間免許取ったんです、50ccだけど」

言ってから、あんな立派なバイクに乗ってる人達に原付免許なんてバカにされるかと思ったけれど、二人は笑ったりしなかった。

「そうか、まず最初は原付からだよね。スクーターで近所乗り回してると、きっと遠出がしたくなるよ」

「西村さんね、バイク屋の親父《おやじ》なんだよ」

「親父はないだろ、まだ三十前だぞ」

「顔はとっくに親父じゃん」

「うるさいな。髭があると冬場寒くないんだよ」

「…そうなんですか？」

俺の質問に二人は笑った。

「嘘《うそ》に決まってるじゃん、メット被《かぶ》ってるんだから変わんないよ」

「本当だよ、結構暖房になるんだ」

二人同時に正反対のことを言われ、どっちに頷《うなず》いていいのかわからなくなる。

ヒゲクマさんは藤岡さんを睨《にら》むともう一度言い直した。

「髭には保温効果がある。冬場のツーリングは本当に寒いんだ、何せ風に向かって走るんだからね。たかが髭でも大きな差になるもんさ」

当の本人が言うなら、それが本当なのだろう。藤岡さんの方は肩を竦《すく》めていたが。

「そこで、だ。須賀くんがバイクをお求めの際には、是非《ぜひ》当店をご利用下さい。友達価格でサービスしてあげるから」

「それが目的ですか？」

「そう。一堂の友人は変な店に引っかからないし、ウチも儲《もう》かる。一石二鳥ってわけだ」

「それなら、お願いしようかな。俺、まだスクーターも持ってないんですけど、これから中型二輪も取りたいし、将来はオートバイも買いたいなって思ってるんです。初心者はどういうバイクがいいのかとか、予算がどれくらい必要なのかとか、教えて下さい」

俺が言い終わると、二人は何故《なぜ》か顔を見合わせた。

「あの…、変なこと言いました？」

失礼だったかな。思った通りのことを口にしただけなんだけど。

「いや、変なことどころか、ちゃんとしたこと言うんで驚いたんだよ」

「ちゃんとしたこと？」

「ああ、ほら。こう言っちゃなんだけど、須賀くんってもっとおとなしい人間だと思ったから。俺達が声をかけても『はあ』って言って逃げちゃうかなって思ってたんだよ」

ヒゲクマさんはすまなさそうに頭を掻《か》いた。

「だからまあ、こうして二人で君を挟んで逃げられないようにしてから声をかけたわけだ。折角《せっかく》来たんだから、少しは付き合ってくれってことでね。でも、やっぱり一堂の友人だけあるな、しっかりしてるよ」

「しっかりって、俺もう大学生ですから」

「一堂と同じ歳だろ？　高校生みたいだけど」

「よく言われます」

「それじゃ藤岡より一つ下だな」

「そうなんですか？」

「ああ、俺は一堂のお兄ちゃんよ」

二人は身体を退《ひ》くようにして、ベンチの背もたれに寄りかかった。

俺はこのグループの入試にかかっていたようなものだったのかな？　二人が力を抜いたということは、それに合格したんだろうか。

「いいよ、須賀くんがバイク買う時には、俺がサービスしてあげよう」

ヒゲクマさんはパンパンとちょっと乱暴に俺の背を叩いた。

その時、一堂がサンドイッチを手にこっちへやって来た。

「何だ、盛り上がってるな」

目の前に立ち、両手に持ったサンドイッチの片方を俺に差し出す。

「いや、いいよ彼。免許取ったら俺の店でバイク買ってくれるってさ」

それを受け取ると、空いた手で藤岡さんの方を払いのけ、俺の隣に座った。

「押し売りしたんじゃないっすか」

「そんなことないよ。ちゃんと相談に乗ってあげる約束したんだから。なあ、須賀くん？」

「はい。安くもしてくれるんですよね」

「ああ、いいぞ」

サンドイッチはすこし潰《つぶ》れていたが、とても美味《おい》しかった。

一切れだったので、あっというまに食べ終わったが、残っているようなら後で自分で取りに行こうかなと思うほどだった。

「じゃ、取り敢《あ》えずメット売ってやって下さいよ。こいつ、ケツに乗っけてやろうと思って」

「今日のは？」

「俺が前に使ってたヤツです。一回落としてダメになっちゃったから」

「一回くらい落としても平気でしょ？　俺、あれでいいよ」

だが一堂とヒゲクマさんは二人同時に首を横に振った。

「ダメダメ、ヘルメットっていうのは一度落としただけでも安全性がぐっと下がるんだから。自分の命が大事なら新しいの買いなさい。おじさんがカッコよくペイントしたヤツを安く売ってあげるから」

「はい」

そうなのか。

何か凄《すご》く頑丈《がんじょう》そうに見えるんだけどな。

「まあ町中《まちなか》をお出かけする程度なら強くは言わないが、遠出したり、スピード上げる時は注意しないとね。乱暴に置くだけでもダメなんだから」

「へえ…」

普段《ふだん》、一堂がヘルメットを乱暴に扱ってるのを見たような気がしてたんだけど、それはご近所用ってことなんだろうか。

「いいかい、大体ヘルメットっていうのはね…」

ヒゲクマさんのヘルメット講義が始まろうとした時、数人の女の子がサンドイッチを入れてきた容器のフタにおにぎりを乗せてやって来た。

「何、男同士で固まってんのよ。はい、ご飯」

胸の膨《ふく》らみがよくわかるピッタリとしたTシャツ。顔は日に焼けているけれど、健康的な笑顔の女の子達。

「お、おにぎりか」

「これも紀子が作って来たのか?」

「違うわよ、ワタシ。明子《あきこ》様がわざわざ早起きして握ってきたのよ」

「食中毒起こさねぇだろうな」

「失礼ね。そんなこと言うなら一堂は食べなくてもいいわよ。はい、須賀くんだっけ、君もどう?」

「あ、ありがとうございます」

男同士だと何でもなかった親しさに、女の子が入って来ると雰囲気が変わる。

男の喋《しゃべ》るペースと女の子の喋る早さが違うからなんだろうか。

いや、違うな。

彼女達の中にある微《かす》かな『色気』が気になってしまうのだ。

「あっちにタコ焼きの屋台も出てたよ。今ツヨシがみんなの分買いに行ってる」

「やっぱり温かいもん食べたいもんねえ」

一堂は、俺と恋人になるまで、決して潔癖《けっぺき》な方ではなかった。

むしろ、友人としてよく知っているのだが、ガールフレンドは多かった方だ。この仲間の中にも、彼と一晩過ごした女性がいるかも知れない。

だから、彼女達が一堂に声をかけるだけで胸が騒いでしまうのだ。

ひょっとして、この女の子は一堂が好きなのかなって。

ここには西村さんも藤岡さんもいる。けれど俺が気になるのは一堂だけだから、彼女達のターゲットも一堂なんじゃないかと決め込んでしまうのだ。

こういう時、俺は無口になってしまう。

何と言って彼女達の中に入っていったらいいのか、わからなくなってしまうから。

おこがましいことに、彼女達をライバルと思ってしまうのだ。

それだけじゃなかった。

「何だよ、こっちは宅配か？」

新しくやって来た男友達が、ベンチの後ろから一堂に被《かぶ》さるように現れると、それにさえも反応してしまった。

だって、一堂は俺が好きなのだ。

つまり、男だってイケル人なのだ。

「重てぇな、どけよ」

「いいじゃん、おにぎり取ってくれよ」

「ほらよ」

自分のことを、聖人君子《せいじんくんし》とは思っていなかった。けれど、普通に『いい人』ではあると思っていた。

だが今はどうだろう？

俺はとても嫌な人間になってしまった気がする。

一堂の友人を紹介してもらって、その人達に自分が優しくされるのは歓迎するのに、彼等《かれら》が一堂にベタベタすると男女の区別なく『嫌だな』って思ってしまうなんて。

恋をすると心が狭くなるもんなんだろうか。

みんな同じようになるものなんだろうか。

「そういえば、この間一堂がおにぎり食ってる時に見つけた犬、結局俺ら見れなかったんだよな」

「ああ、ライオンか。ありゃ可愛かったぜ」

「藤岡見たの？」

「見た見た、チャウチャウかポメの太ったのかはわかんないけど、変な格好だったぜ」

「森川《もりかわ》のとこの犬みたいなの？」

「そうそう」

自分の知らない事象。

自分の知らない人の名前。

加われない会話。

貼り付いたような笑顔を浮かべ渡されたおにぎりを食べながら、どんどん居場所がなくなってゆく。

バイクに乗るのは楽しかった。

ヒゲクマさんと話すのも楽しかった。

けれど、自分だけが異質だと感じると、その楽しさはみんな急に萎《しぼ》んでしまう。

「おーい、タコ焼き来たぞー！」

やっと誰かがそう言って一同を呼んだ時、俺は少しだけほっとした。

食欲に促され、みんなが一斉《いっせい》にそちらを向いたから。

「行こうか、潤」

一堂が俺に手を差し伸べる。

「メシ食ったらバドミントン大会だってよ」

可愛い女の子も、親しげにからむ男友達もいるのに、俺だけに。

「バドミントン？　今時？」

「これが楽しいんだって」

そのことに優越感《ゆうえつかん》を抱く自分を、またしても『嫌なヤツ』と思いながら。


結局、そのツーリングは楽しさ半分、後悔半分だった。

遊びは楽しかったし、自分の知らない一堂の姿を見ることが出来たのも嬉しかった。けれど、自分の知らないところで（知ってるところもだけど）、彼が男にも女にもモテるということを再認識し、ヤキモチって感情が凄く惨《みじ》めで嫌なものだというのも痛感した。

一堂が俺のことを好きだと言い、俺がそれにまだ応えずにいた頃、彼も同じような思いをしたのだろうか？

いや、そんなことはないだろうな、一堂だったら俺がなびいて当然だと思ってるだろうから、早く答えを出せと待ってるくらいだっただろう。

でも俺は違う。

好きだと言ってもらえてるのにヤキモチを妬《や》くなんて、一堂にも失礼だとは思うのだけれど、気持ちは止められない。

これから先、ずっとこうなんだろうか。

彼に近づく人間が現れる度《たび》、ドキドキしながら不安な夜を過ごすんだろうか。

だとしたら問題は山積みってカンジだ。

いや、問題はそれだけじゃなかった。

トラブルというのは意外なところから、やって来るものだ。

今回のトラブルは、何と、平々凡々な我が家の夕食の席上で始まった。

「転勤?」

好物のチーズ載せハンバーグにソースをかけた瞬間、父親が放った一言がそれだ。

「ああ、すぐというわけじゃないが、決定だ」

父親は心なしか嬉しそうな顔だが、俺は違う。

大ショック、だ。

「どこへ?」

おそるおそる打付ける質問に、今度はハッキリと胸を張った答えが来る。

「それがな、何とカナダなんだよ」

「カ…、カナダ? カナダって外国の?」

関西とか北海道とかじゃなくて海外？

「それ以外にどこがある」

「それはそうだけど…」

父親の会社は医療器具《いりょうきぐ》の大手で、今までも出張で海外に出かけることは何度かあった。だが、そんなのは一週間、二週間のことで、長くたって一カ月以上戻らないなんてことはなかった。

なのに今度は転勤、つまり行ったら相当長く帰って来ないってことじゃないか。

「何か寂しいな…、何年行ってるの？」

大学生の今更《いまさら》、母子家庭になるのが嫌だとは言わないけれど、やっぱり『家』から父親がいなくなるというのは特別な感慨《かんがい》がある。

特にウチみたいに『夕飯はなるべく家族揃って』って家ならば。

けれど、その感慨は少し早過ぎたようだ。

父さんは自分のハンバーグを先に箸《はし》で細かく切り分けながら、こう言った。

「何言ってる。父さんだけが行くんじゃないぞ？」

「え？」

「何となな、父さん栄転《えいてん》で、カナダ支社の営業本部長《えいぎょうほんぶちょう》になるんだ。つまり、向こうでの足固めをするまで相当長く滞在《たいざい》することになる。それで母さんにも話したんだが、いっそ向こうへ引っ越そうってことになってな」

「ち…、ちょっと待ってよ！　引っ越しって、まさか母さんまで連れてくつもり？」

こうなるともう食事どころではない。

カナダへなんて行けるわけないじゃないか。

俺が声を荒立てると、今まで黙っていた母親までのんびりと会話に参加した。

「だって、パパってば自分で食事作ることも出来ないでしょ？　向こうでは会社の用意した家に入るらしいし、そこには会社の他の日本人の奥さん達も一杯いるらしいのよ。お母さんもカナダだったら行ってもいいかなって思ってる。ほら、アンの国だし」

だが、的外《まと》れもいいとこだ。

何がアンだよ、そんなのプリンス・エドワード島だけじゃないか。カナダ人がみんなアンみたいなんじゃないんだぞ。

「じゃ、この家は？　ローン残ってるんでしょ？　売っちゃうの？　それに俺は？　大学入ったばっかりなんだよ？」

「家を売るわけがないだろ。ここは貸すつもりだ」

「俺は？」

「それについては色々考えたんだが。向こうの学校へ行くっていうのもいいと思うが、お前ももう大学生だし、自分の好きにしてもいいんじゃないかって」

「好きに…？」

「ああ。向こうへ一緒に行くんなら、会社に頼んで中途入学できる大学を探してもらうし、こっちへ残るんなら家賃と学費くらいは仕送りしてやってもいい。何せお父さんは栄転だからな、多少ゆとりも出来る」

栄転というのがよほど気に入っているのだろう、父親はその言葉をまた使った。

一人暮らし…。

頭がクラクラして来た。

カナダの大学なんて、どう考えたって行けるはずがない。

英語の成績は悪い方じゃないが、当然のことながら日常生活全てが英語で講義も英語だろう。それで単位を取って卒業するのは大変なことだ。

母親は夢だけで語っているが、現実はもっと厳しいと思う。

友人の一人だっていやしない土地なんだから。

友人…、俺の頭の中一杯に広がる一堂の顔。

そうだ、カナダへ行くってことは一堂と別れるということでもあるのだ。

「俺は…、カナダ行きたくない」

「じゃあ残るか？」

即答《そくとう》は出来なかった。

俺は本当に普通の大学生で、掃除も洗濯も料理も、全然やらないわけじゃないが、一人で何もかも出来るってわけでもない。

かといって世話になるような親戚《しんせき》は都内にはいないし、ウチの大学には寮もない。残るのなら一人暮らしをするしかないだろう。

自分がまだ高校生だったら、先のことなど考えず『残るよ、一人暮らしも平気』と軽々しく答えていただろう。

だが、今は違う。

一堂を始め、一人暮らしの友人達からその大変さを聞いている。それをろくな準備もなくすぐに選択するなんて。

黙ってしまった俺を見て、母親は助け船を出してくれた。

「潤も色々考えることがあるんでしょう。今すぐ決めなさいってわけじゃないんだから、少しゆっくり考えてみたら？」

「うん…」

「だが、父さんがカナダへ行くのは決定だぞ」

急にしんとしてしまう夕食。

カチャカチャという食器の音だけがダイニングに響く。

一人暮らしかカナダ行きか。

答えは出てると言えばもう出ていた。

絶対に日本を離れたくはない。

せっかく入った大学と、大切な恋人を捨てて、見知らぬ外国へなんか行けるものか。

けれど一人暮らしをするってことにも、抵抗はある。

大学へ行きながら身の回りのことをするなんてことが、果たして自分に出来るだろうか。生まれてから今まで、母親の世話になりっぱなしだった自分に。

今、目の前に置いてあるこのハンバーグ一つにしたって、自分には作れないだろう。

学費と家賃は出してやると父さんは言ったけれど、お小遣いは？　オートバイを買うため、免許を取るためにバイトをしようかな、と思ったけど、それは生活のためじゃない。

食費は出してもらえるとしても、友人達と遊びにだって行く、服や雑誌だって買う。そのお金は一体どうなるんだろう。

贅沢《ぜいたく》で甘えたことを考えてるとは思うけど、今までそれが普通だったんだから仕方ない。

「潤、おかわりは？」

「いらない」

重たい空気のまま食事を終え、俺はそのまま二階の自分の部屋へ引きこもった。

降って湧いたトラブル。

俺はこれからどうすればいいのか？

答えの出ない問題に頭を抱《かか》えて。

火曜日は、午後に一コマしかない日で、一堂のバイトも遅番。

だから二時には学食で待ち合わせて、彼のバイクに乗って彼のアパートへ向かい、二人で夜までを過ごすのが日課だった。

その日も、一堂のバイクで彼の部屋へ向かった俺は、部屋へ着くなり彼の部屋をキョロキョロと眺め回してしまった。

二畳ほどのキッチンが付いた六畳一間《じょうひとま》の彼の部屋。

いつもは何げなく見ていたけれど、いざ自分がこれから同じ生活をするのかと思って見ると、意外なほど片付いているんだと感心した。

物が多いからゴチャゴチャしてると思っていたが、特に台所は奇麗だ。

鍋とフライパンとやかん、洗いカゴに伏せてある食器。三角コーナーの生ゴミはあまり溜まってないし、ゴミ箱も不燃と可燃の二つが置いてある。

小さな冷蔵庫と温めるだけに使う電子レンジ（これは最近バイトの先輩に貰ったらしい）に炊飯器《すいはんき》、背の高い食器棚。

そうだよな、一人暮らしをするってことはこういう家電製品も一人用のを買い直さなきゃならないんだよな。まさかウチにある４ドアの冷蔵庫をアパートへ持っていけるわけないんだから。こういうのは一体いくらくらいするんだろう。

「潤、何やってんだ。お茶なんか淹《い》れなくていいんだぞ」

ぼうっと台所を眺めていると、突然背後から一堂に抱きつかれた。

ずしっと重くなる肩に彼の顔が載る。

「あ、ごめん。お茶淹れようか？」

その重みに顔がほころぶ。

「何聞いてんだよ、たった今お茶はいらねぇって言っただろ。買ったのが冷蔵庫入ってるからそれでいいだろ」

だが彼は不満のようだ。肩を顎《あご》でぐりぐりと押しながら聞いていなかったことに抗議する。

「ああ、うん。いいよ」

「何考えてたんだ？」

「座ってから話す。っていうか、聞いて欲しいんだ」

こっちからそう言うと、彼はすんなり身体を離し、先に奥の部屋へ向かった。

一年中出しっ放しのコタツにはまだ布団《ふとん》がかかっている。これがなくなるとこの部屋は夏仕様《しよう》になるわけだ。

もうそろそろそうしてもらいたい陽気なんだけど。

俺は冷蔵庫からお茶を出し、コップを二つ持って彼の隣へ座った。

「話って？」

一堂がお茶を取り、二人分を注ぐ。

「うん、実は…、うちの父親が転勤でカナダ行くんだよ」

「カナダぁ？」

「そう」

「そりゃ大変だな」

「うん。それで、母さんも一緒に付いてくって言うんだよ」

一堂の顔が曇った。

彼はとても頭の回転がいい男だから、言うまでもなくわかったのだろう。

「そうなんだ、俺にも一緒に来ないかって……」

「お前、行くのか」

俺は慌てて首を横に振った。

「行きたくない。でも、そうなると一人暮らしをしなきゃならないだろ？　それを考えると気が重くて…」

もしも一堂がもっと広い部屋に住んでたら、一緒に住みたいって一言を口に出来ただろう。でもこの六畳一間では、俺が生活するどころか寝ることさえままならないだろう。

「一人暮らしか…。お前、食事も作れねぇんだよな」

「カレーくらいかな。あと、肉ジャガ」

「洗濯の仕方はわかるか？」

「それくらいわかるよ。でも、一人暮らしってやっぱり大変？」

一堂はコップに手を伸ばし、一口だけお茶を流し込んだ。

「まあ、大変っつっちゃ大変だな。朝起こしてくれる人間がいないって言うのも、お前にとっちゃ大《おお》事《ごと》じゃないか？」

「子供じゃないんだから一人で起きてます。真面目に話してよ」

「そうだな…。まあ今までお前がして来なかった雑用がどっと増えることは確かだな。朝一人で起きる、部屋の掃除にゴミ出し、買い物に洗濯。一つ一つは簡単なことだけど、毎日真面目にやるとなりゃ面倒なことばっかりだ」

そうだよな、そういうことを一堂は今までずっとやっていたんだ。

思わず彼を見る目が変わってしまいそうだ。

「お前、気が重くなるって言ったけど、行くか行かないか悩んでるってことか？」

「まさか、だって…カナダなんか行ったら一堂と会えなくなるじゃないか。俺、やだよ。一堂とずっと一緒にいたいよ」

「絶対に行きたくねぇか？」

「もちろん。絶対に行かない」

「そうか」

彼はここでやっと笑顔を見せた。

「よし。じゃあいいか、少なくともお前は料理を覚えろ」

「料理？」

「いくらコンビニ弁当があるって言ったって、そんなのばっかり食ってちゃ金が続かないからな。母親に言って、簡単なのでいいから料理を覚えるんだ。どうせ洗濯なんてコインランドリーがあるんだから大丈夫だ。俺達が着てるような服ならクリーニング屋に出すほどじゃねぇしな」

「うん、それから？」

「暇《ひま》な時は母親の買い物にくっついてけ。お前、卵が1パックいくらするかも知らねえだろ」

「三百円くらい？」

「…自分で見て確認してみな」

一瞬沈黙が挟まったところを見ると、きっと間違えたのだろう。

でも、彼の命令を聞きながら、俺は少しほっとした。

一堂は自分が残ることを望んでくれている、協力もしてくれるんだと思えたから。

「親御《おやご》さん、いつ転勤だって？」

「まだ聞いてない。でも俺に話したってことはそんなに遠いことじゃないとは思うけど」

「じゃあハッキリ聞いとけ」

「わかった。他は？」

「今のとこはそれだけだな」

彼は言葉を切ると、ふいに腕を伸ばして俺を引き寄せた。

「何？」

強い力に負けて、広い胸に頭から倒れ込む。

「今度は俺の話だ」

「一堂の話？　何かあるの？」

まさか彼も引っ越し？

一瞬そうだったら一緒に、と言いたいなんて考えたのだが、もちろん内容は違っていた。

「実はな、今度っから火曜も仕事が入るようになったんだ」

「え？」

驚いて彼を見上げる。

視線を受けた一堂が少しすまなさそうに目を逸《そ》らし、彼が鼻を掻く。

「ちょっと色々あって、バイトの量が増えたんだよ」

「バイトって、居酒屋の？」

「ああ、それとこの間お前が会った西村っていただろ、あのヒゲの」

俺はツーリングの時のヒゲクマさんの顔を思い浮かべた。

「あの人に頼まれて、彼の店、手伝うことになったんだ」

バイクの店だと言ってたっけ。それなら女っ気もないし構わない、構わないけど…。

「じゃあ、俺達何時《いつ》会えるの？」

「大学でメシ一緒に食ってるだろ」

「それだけ？」

「後は、水曜の夜か日曜の朝か」

そんなゆっくり出来ない時間ばっかり。

けれど俺に文句は言えなかった。一人暮らしをしてる一堂にとって、アルバイトは遊びじゃない、生活費なのだ。

「…時々はここに来ても平気？」

「俺がいなくていいなら何時来てたっていいぜ。夜中の二時くらいにゃ戻ってると思うし。夜帰って来てお前がここで寝てたら襲うかもしれないけどな」

「別にいいよ。ここにいる時は一堂に会いたくて来てるんだから」

「可愛いこと言うなよ」

「可愛くなんてないよ、本当のことだもん。学部だって違うし、引っ越しが決まったら俺だって時間取れなくなると思うし、会える時に会わないと寂しいよ」

今度は自分から、一堂にもたれかかる。

背中に感じる彼の体温が欲しくて。

「ばかだな」

呟《つぶや》いた唇が額《ひたい》に触れる。

一堂は身体を引くと、俺をゆっくり畳に倒し、今度は唇にキスした。

狭い場所。足はまだコタツの中に残ってるから苦しい体勢だけど、おとなしくそれを受ける。

「もうそろそろこいつの布団、取らねえとな。暑いや」

覆い被さる彼が、そう言いながらコタツの中で俺の股間に手を伸ばした。

「勝手にやってもいいなら、今度俺が来て外しといてあげるよ」

俺も手を伸ばし、彼の股間に触れる。

そこは既《すで》に硬くて、ファスナーに引っかかりそうなほどだった。

「布団、洗濯すんだぜ」

互いに手を入れて、そっと触れ合う。

「わかってるよ、クリーニング屋に出すんだろ」

「この布団は洗濯出来んだよ、コインランドリー持ってけ」

「…わかった」

もう一度キスして、身体の向きを変える。

二人の間にはコタツの脚があったけれど、そんなものが気にならないほど身体を寄せ合う。

向き合って、触れ合うことでどんどん気持ちを高めてゆく。

手は下着の中に入り、直接それを握った。

「ん…」

ツキン、と痺《しび》れが身体の柔らかい部分を伝って胸に届く。

その反応は直接形を変えて彼に伝わる。

「いい反応。お前、だんだん色っぽくなるよな」

「色気なんてないよ…」

「あるさ、好きなヤツのエロっぽい顔は色気満載だぜ」

笑ってる彼でさえ、俺の拙《つたな》い愛撫《あいぶ》で少し顔をしかめた。

まったく、男ってのは快楽に弱いんだ。

「今度口でしてくれよ」

ぽそっと呟いた言葉は刺激的だったが、俺は頷いた。

「お風呂入った後だったらね」

熱はどんどん高まり、確かにコタツの中でするには暑かった。

互いの肌がわずかな湿り気を帯び、息が上がる。

「あ…」

ズボンの中から引き出されたモノは、互いに膨《ふく》れ、先端が擦《こす》れ合う。それがまた手とは違う刺激となって鳥肌を立てる。

股《もも》の内側にゾクゾクっとした快感が何度も走った。

その度《たび》、声を漏らすために開く唇に、彼がにやりと笑う。

俺の反応を楽しんで、それをまたオカズにしているかのように。

でも俺も、そうやって少し意地悪く笑う彼の表情でより気持ちよくなってしまうんだから、お互いさまだ。

「あ…っ」

でもダメ。

どんなに欲しくなっても、これ以上はできないから懸命《けんめい》に手を動かす。

この後、彼はバイトがあるし、俺はまた家で両親と話し合いをしなければならない。だから最後までですることは出来ないのだ。

まさか母親の前でへっぴり腰にはなれないだろう。

そうじゃなくてもアレは身体に辛いので、『この日』と決めない限りはあまりしない。互いの手の中で果てるまで擦り合って、それで終わりだ。

けれど、それだけでも十分だった。

彼の手が自分のために動いているのを感じる、その突き上げるような快感だけで。

「ん…、一堂…、ティッシュ」


『恋をしている悩み』がもう一つ増えた。

好きな人と会えない時間が辛いってことだ。

まるで子供が習い事を覚えるように、当たり前のことに一つずつ気づいてゆく。

『会わない』のと、『会えない』のとは全然違う。

時間があるのに、それぞれに用事があって会わないのは仕方がないが、時間がなくて会いたいと思っているのに会えない時は寂しさが倍増するのだ。

親との話し合いもあまり進展せず、何となく息詰まった感じがある中、自分にできることは少ない。

母親に『日本に残る方を取る』と告《つ》げ、そのために料理を習いたいと申し出ることぐらいだ。ちなみに、卵の値段は俺が口にしたものの半額くらいだった。

毎日『食事よ』と呼ばれて食卓に着き、テーブルの上に載っているものを食べればいいだけだった時には気づかなかった。

みそ汁一つ作るのにかかる手間ということを。

材料洗って、切って、ダシ取って、味噌といて。傍《はた》から見てると簡単そうなその作業を、いざ自分がやってみると上手くいかないってことを。

それでも、それは必要なことだから覚えなくちゃならない。

それに、そろそろ学期試験も迫っていた。

何だかストレスが溜まりそうだ。

事実、大学でもぼんやりすることが多くなり、ついには足立《あだち》に言われてしまった。

「どうした、須賀。何か悩み事でもあるのか？」

講義が終わった後の教室、他のみんなは荷物を片付け続々と退出してゆく。

声をかけられるのは当然だろう、その中で、俺はただぼんやり座ったままノートを閉じることもしていなかったのだから。

「ああ、いや。うん…ちょっと」

「何だ、歯切れが悪いな」

足立は立ち上がっていたのだが、俺に付き合うようにもう一度隣へ腰を下ろした。

「どうした？　相談があるなら乗ってやるぞ」

足立はいわゆる『同じタイプ』の人間で、どうも彼の弟が俺に似ているとかで（俺が彼の弟に似ているというべきか）親しくしているのだ。

そして一堂とも親しいし、彼女がいるので彼に安全パイの友人と認められている。今となっては俺的にも安全パイになるのだが。

「うん…、実は今度一人暮らしするかも知れないんだよ」

「須賀が？　今更？　親とケンカでもしたのか？」

「いや、そうじゃなくて」

俺はやっとノートを閉じ、事の次第を彼に説明した。

突然父親がカナダへ転勤になったこと、母親も一緒について行くというので、大学を続けるために一人残らねばならないこと、そのために今親に料理を習っていることなどを。

「カナダかぁ、そりゃ一緒に行くってことは出来ないよな」

「だからといって一人で残るっていうのも気が重くてさ」

次のコマは空きだから、俺達はその場に残って話し続けた。

幸いこの教室も使用されないらしく、誰も入って来る気配はない。

「そうだよなあ、一人暮らしに憧れはするけど、面倒くさいもんな。そういえば、一堂って確か一人暮らしだっただろ？」

「相談した。料理を習えってアドバイスされたよ」

「あいつと一緒に住めば？」

ありがとう、足立。

下心なく俺の望みを口にしてくれて。

「考えないでもないけど、一堂の部屋、狭いんだよ。それに、今はバイトが忙しくてあんまり会えないし」

「そっか…。でも、部屋っていえばどこに住むつもり？　今時はアパートだって安くないだろ」

「そんなのまだ決めてないよ。でもマンションじゃないことだけは確かだね」

「そりゃそうだ」

顔を見合わせて互いに笑い合う。

足立といると落ち着く。

彼の気持ちをどうこうって考えず、緊張しないで話し合えるから。これが恋人と友人の差なんだろうな。何でも話せるのは同じなんだけど。

「学食でも行くか？　何か飲みながら続き話そうぜ」

彼の誘いに、俺は一瞬躊躇《ちゅうちょ》した。

「須賀？」

「よかったら、飲み物買って来てここで話さないか？　奢《おご》るよ」

「それはいいけど、こんなガランとしたとこで？」

「うん、実はもう一つ足立に聞きたいことがあったんだ。相談かな？」

「いいよ、じゃ俺コーラ」

「わかった、待ってて」

遠慮なくオーダーを口にする気軽さに、また少しほっとする。

すぐに教室を出て、近くの学食の自動販売機まで走った。

丁度《ちょうど》講義の始まるチャイムが鳴り、少しばらついていた人影が建物の中へ消えてゆく。

足立のコーラと自分のミルクティーを買って教室へ戻る時には、もう廊下には人影はなかった。

「お待たせ」

「振らなかっただろうな」

「しないよ、そんなこと。心配なら缶を机の上に置いて、真ん中を中心にゆっくりバトンみたいに三回まわしてみな」

「何、それ？」

「そうすると噴き出さないんだって、一堂に教えてもらった」

俺のイタズラを警戒してか、単に新しい知識に興味を持ったのか、彼は言われた通りゆっくりと机の上で缶を回してからプルトップを引き上げた。

「成功してんのかな？」

「さあね、俺は振ってないから。今度振ってから試してみれば？」

「勇気がいるよ」

黒板に向かって並んで座り、まずはお互いの飲み物に口を付ける。

一瞬の間をおいて、自分の方から話を持ちかけた。

「ここだけの話にしといて欲しいんだけどさ」

常套句《じょうとうく》だが、足立には有効な約束を前置きする。

何故ならこれから口にすることが、本当に誰にも話して欲しくないことだから。

「足立、彼女いたよな？」

「え？　ああ、うん」

「彼女、違う大学なんだろ？」

彼はちょっと驚いたように眼鏡をいじった。

「ああ。何？　ひょっとして彼女紹介してくれって言うのか？」

「違う、違う。その…恋愛の先輩に聞きたいってことさ」

足立は更に驚いた顔をして俺の方へ向き直った。

「彼女、できたのか？」

当然のことながら、彼は俺が一堂と付き合っていることを知らない。それどころか奥手な俺にはガールフレンドもいないと思ってる。

だからそういう顔になるのだろう。

「うん、まあそんなとこ」

「そっか、おめでとう。やったじゃん」

彼は本当に喜ばしそうに俺の肩を叩いた。

「でもまだ誰にも言うなよ。その…まだ確定じゃないんだ」

「微妙な時期なんだな。わかる。わかる」

「それで、聞きたいんだけどさ。足立は彼女と離れてて不安になったりしない？」

「そりゃするさ」

あっさりと肯定されて、こっちが驚いてしまう。

「女々しいとか思わない？」

「思わないよ。誰だってそうだろ？　結婚したって女房の浮気が心配ってダンナは一杯いるんだぜ。年も性別も関係ないさ」

「じゃ、彼女と大学の男友達が親しくしてるとヤキモチとか妬く？」

「女子大だからそれはないけど、アルバイト先のヤツとか高校の時の友達とかの話が出るとちょっとムカつくかな？」

「やっぱり？」

俺も彼に向き直って女子高生みたいにはしゃいでしまう。

そうか、自分だけじゃないんだ。

「そういうのって、どうやって対処するの？」

「我慢って…、まあ男のコケンに関わるからな。あんまり文句は言えないよな」

「うん、うん」

「だから我慢する」

「それだけ？」

「それだけ。まあ、あんまり他の男と仲良くするなよとは言うけど、それ以上言うとウザイって思われるしな」

それは考えられる。だから自分もその一言が言えないのだ。

「惚れた弱みと思うしかないんだよ、そういうのは」

「…何だ。もっとこう、劇的な解決法があると思ったのに」

「そんなのあったらみんな苦労しないよ。恋愛なんて、楽しいだけじゃないからな。周囲のことが気にならないのは最初のうちだけさ。暫《しばら》くするとすれ違う男にだってムカつくようになる。もっとも、そりゃ彼女の方も同じみたいだけど。俺がアイドルの話すると怒るから」

「ふぅん…」

自分だけが悶々《もんもん》としてるのかと思ってたけど、そうじゃなかったのかな。

一堂もよく『あいつらと仲良くするなよ』とか言う時があるけれど、それはジョークじゃなかったんだろうか。

だとするとちょっと嬉しいけど。

「須賀、彼女にプレゼントとかした？」

「え？　別に、特には。料理を作って上げたり勉強を手伝ったりはするけど」

「じゃ、よーく覚えとけよ。女ってのは記念日にうるさいんだ。誕生日、クリスマス、ホワイトデー。

何でもいいからプレゼントは用意した方がいいぞ。金がなきゃ電話一本でもいいんだ」

「へえ」

そのアドバイスは的確なのかも知れないが、俺には不必要だな。

友人の時から、そういうイベントの時も一堂は全然変わらなかったし、一緒に過ごそうとか言うこともなかったから。

「でもヤキモチに解決策がないなら、相談しても無駄だったな」

「全然ないわけじゃないぞ」

俺の呟きにムッとしたのか、恋愛の先輩は急に態度を変えた。

「だがな、それはまだお前には使えないだけだ」

「何で？」

「お子様だから」

「失礼だな。同じ歳じゃないか」

「年齢のことじゃないよ、中身の問題」

「そんなこと言って、嘘じゃないのか」

「嘘じゃないよ、本当にあるさ」

「本当にあるなら教えてよ」

彼はもったいぶって間《ま》を取ると、どうしようかなというように目を黒板に向けた。

「足立」

その腕を摑んで答えをせがむ。するとやっと彼はこっちを向き、声をひそめた。

「じゃあ教えてやるよ。ヤキモチを妬かないようにする方法はな」

「うん」

「身体に痕《あと》残すんだよ」

「『身体に痕』？」

「浮気が絶対できないようにすんの。人前で服が脱げないようにな。そうしとけば安心感が得られるだろ？」

身体に痕……。人前で服が脱げない……。

意味に気づいて顔がカッと熱くなる。

「それって……！」

「ほらみろ、やっぱりお前には刺激が強いじゃないか」

その誤解を、俺は解こうとは思わなかった。

俺が顔を赤らめたのは決してその意味がアブナイことだったからじゃない。足立には申し訳ないが、そういう意味のことは既に色々体験済みなんだから。

それよりも恥ずかしかったのは、自分のおとなしい友人が、さらりとそんなことを口にしたということだ。つまり、足立も彼女とそういうことをしてるって白状したことが、何とも照れて恥ずかしか

ったのだ。

まさかこの足立が。

いかにも普通の好青年で、純粋なデートしかしてないような友人が。

自分のことを含め、ホント、人は見かけによらないんだ。

「わかったよ、参考にしとく。ありがと」

俺はすっかりぬるくなったミルクティーの残りを啜《すす》るように飲みながら、心の中でタメ息をついた。

やっぱり恋愛のことは他人に聞いても無駄なんだ。

そんな方法取ったって、遊び慣れてる一堂に通じるもんじゃない。あいつが以前、俺と恋人になる前、女性の引っ掻き傷を残しているのなんて何度も見ている。

それでもあいつはガールフレンドの間を平気な顔で渡り歩いてたんだから。

もう少し聞きたいこともあったんだけど、これ以上聞いても仕方ないな。

違う恋をしているのだから、違う方法を探すべきなんだろう。

「まったく、男ってしょうがない生き物だよな…」

俺が漏らした一言に、足立も頷いた。

「特に恋愛中はな」

どうやらそれだけは二人に共通した思いだったらしい…。

一堂と一緒に食事をしても、所詮《しょせん》は学食。周囲には人が一杯いるから甘い囁きどころか込み入った話は何一つできない。手の一つも握れない。

話題は彼のバイトのことと俺の料理のことと、これから来る試験の対策。

「寝る時間が減った」

「身体大丈夫？」

「ああ、一段落付いたら美味いもん作りに来てくれよ」

「…もうちょっと経ったらね」

なんて具合。

誰が聞いても普通の友人達の話すことと何一つ変わりはしない。

それはそれでもいい。

顔を見るだけでも嬉しいのだから。

けれど、やっぱり恋人と一緒に過ごす時にはもう一つ違うことが欲しい。

軽いキスだけでもすることが出来れば、きっと気分は今よりずっとよくなるだろう。

だがそんな甘えたことは言えないのだ。

自分でも驚くべきことに、俺はたった一週間で『一堂不足』に悩まされることになってしまった。

一週間、一週間だ。

高校時代はそんなことザラだった。ましてや全然会っていないわけでもないのに。

二週間目に入ると、夢に見てしまうほど彼の手が欲しかった。

ただ側にいて、ぎゅっと握ってくれるだけでもいいのに。

彼が側にいると思うだけで、胸がわくわくする。触れていると身体が温かくなる。嬉しくて、ほっとするのだ。

でもそれを口には出来ない。

だって一堂が寂しがっていないのだもの。

彼がもし、講義をサボってどこかへ行こうと言ったら、きっと付いて行ってしまっただろう。でも言わないからどこへも行けない。

火曜日になると、彼のアパートに行っていた時間が妙に余ってしまった。

このまま家に戻っても、やることは二つだけ。

勉強か料理。

それも『やらなければならないこと』でしかないから、心は満たされないとわかっている。

『やりたいこと』は一つなんだもの。一堂と一緒にいたい、ただそれだけなんだもの。

Hはしなくてもいい。

ただ二人で密着したい。

あの腕に抱き締められたり、その背中にぺったりと張り付いたり。顔を上げると彼の顔が合って、互いに他のことをやっていても手が届く場所にいて、触れたい時に触れられる。

そんなふうに居たいのだ。

「いっそのこと、本当に夜中にあいつの部屋で寝ててやろうかな」

考えないではなかった。

一応彼自身が来てもいいとは言ったんだし。

けれど、彼が疲れて帰って来るのがわかっているのに、その寝床《ねどこ》を占領する度胸もないのだ。

結局、考えて、考えて、俺が取った行動は、彼の部屋のコタツ布団を片付けに行くことだった。

大義名分《たいぎめいぶん》があれば部屋を訪ねてもいいだろう？

幸い、ここ二、三日は日差しもよくて、暑い日が続いていたから。それをしてやれば彼も喜ぶだろうと思えたのだ。

大学が終わり、いつもは一堂のバイクに跨がる時間に電車に乗る。

歩いて彼のアパートへ行き、渡されていた合鍵を使って中へ入ろうとした時、突然背後から誰かが俺の名を呼んだ。

「須賀くん」

ハッとして、咄嗟《とっさ》に手の中のカギを隠して振り向く。

そこには一台のオートバイと、その前に立つ男が一人、こちらを向いて立っていた。

誰だろう。

「須賀くんだろ？　今、一堂いないよ」

男は言いながら黒いヘルメットを取って歩み寄って来た。

茶髪にピアス、締まってはいるがひょろっとした感じの体つき。一堂が硬派のハンサムとすると、軟派なハンサムといった感じの人だ。

「あの…」

「あれ？　忘れちゃった？　ほら、前にツーリングで一緒にいただろ？」

ツーリング、一堂のバイク仲間。

「西村さんとバイクの話をした…」

「藤岡さん」

思い出した。

一番最初に声をかけてくれた人だ。

俺はドアから離れ、自分から彼に歩み寄って頭を下げた。

「どうも、ご無沙汰《ぶさた》してます。先日はありがとうございました」

「え？　あ、いや。そんな御丁寧《ごていねい》に。こちらこそ何かその…」

彼が及《およ》び腰《ごし》で頭を下げ返す。

「君も一堂んとこ来たんだろ？　あいつ今留守みたいだぜ」

それは知っているが、俺は黙っていた。

「大学、一緒なのに知らないの？」

「あ、学部違うんで」

「へえ、学部違うのに友達なんだ」

「高校の時からなんです」

「ああ、何かそんなこと言ってたな」

俺のいないところで、一堂は俺のことを何て説明しているんだろう。やっぱり単なる『友達』なんだろうな。

「そうだ、丁度いいや、須賀くん今時間ある？」

「え？」

「この間の写真持ってるんだよ。焼き増ししてあげるから見てくんない？」

「この間って、ツーリングの？」

「そう。ここいらに小さい喫茶店があっただろう。えーと、確か…」

「『オレンジ』ですか？」

「ああ、そう、『みかん』。あそこへでも行かないか？」

どうしよう。

俺はまだこの人と親しいわけじゃないし、どういう人なのかもよくわからないけれど、この間の写真というのには魅力がある。

一瞬だけ悩み、俺は手の中にあるカギをポケットの中へ落とした。

「いいですよ、どうせ暇だったし」

一堂の家を訪れるほど仲のいい人なら、一緒に行っても平気だろうと判断したのだ。

「OK、ちょっと待ってて」

藤岡さんは自分のバイクを押して、一堂の部屋の前へ停め直すと、手にしていたヘルメットをシートにくくり付けた。

「バイク、置いてくんですか？」

「だって、君は徒歩だろ？　どうせ近いんだからいいよ。店まで持ってって停める場所がなかったら面倒だし」

「それもそうですね」

「さ、行こう。確かこっちだったよな？」

シートに付けていたバックパックを外して背に負うと、彼は先に立って歩きだした。

背が高いから足が速いけれど、何度も振り返りながら歩き続ける。

「免許、取りに行ってる？」

「いえ、まだです。ちょっと他に色々あって」

「ああ、大学はそろそろ試験の時期か」

この間、西村さんは彼が自分達より一つ上だと言っていたけど、この言い方だと大学生ってわけじゃないのかな。

「藤岡さんの大学は試験じゃないんですか？」

「ああ、俺？　俺は大学生じゃないんだよ。もう今年学校は卒業しちゃったんだ」

「え？　でも一つ上だって…」

「よく覚えてたね。そうだよ、一堂より一学年上。ただ俺が行ってたのは調理学校。今はもう働いてるんだ」

「へえ、凄い」

「凄い？」

「え？　だってもう働いてるんでしょう？　凄いじゃないですか」

「はは…、ありがとう。褒《ほ》められたのは初めてだよ」

店は歩いてすぐのところにある喫茶店で、前に自分も一堂と一緒に来たことがある店だった。

大通りから外れた場所にあるから閑散《かんさん》としているのだが、どうやら夜には酒を出すので、そっちがメインになってるらしい。

普通のビルの一階なのに内装は全てが木でできている古臭い感じの店内で、俺達は入ってすぐの窓辺の席に腰を下ろした。

「ここのケーキ、美味いよな」

自分も人見知りしない方だけどこの人も人懐《ひとなつ》こい性格のようで、座るなりメニューを俺に向けてそこに書いてあるケーキを指さした。

「違うの頼んで半分ずつにしようぜ」

と、まるで女子高生みたいな誘いをする。

その様子がちょっと子供っぽくて、俺は笑って頷いた。

「いいですよ。じゃあ俺はチョコレートケーキと紅茶で」

藤岡さんは、手を挙げると大きな声でマスターにオーダーを通した。

「ケーキセット二つ、チョコレートとチェリータルトにコーヒーと紅茶で」

そしてすぐにバッグの中から俺の目的のものを取り出して、ついでに自分のタバコも取り出した。

「はい、これ。あとタバコ平気？」

「大丈夫です」

「悪いね。仕事中は吸えないんで、どうしても他で吸うことが多くてね」

「仕事中はダメなんですか？」

「タバコ臭い人の作った料理なんて嫌でしょ。俺の働いてるとこ、カウンター越しに客が近いんだ。だからこの髪も仕事中はゴムで留めるんだぜ」

「へえ」

言いながら彼は髪を纏《まと》める仕草をした。

気さくでいい人じゃないか。

付いて来てよかった。

その思いは目の前に差し出された写真屋でくれる紙のアルバムの一冊目をめくった時に更に強まった。

「これ…」

海岸でピースサインをする藤岡さんの写真。その下に、スイカを手に持ってる一堂の写真。

「これ、何の写真ですか?」

「え? この間のだよ」

「でも、海が…」

「海?」

手をアルバムに引っかけるようにして彼がのぞき込む。

「ああ、これ。ごめん、古いのだ。去年の夏だよ。俺、すぐにカバンに入れっぱなしにするから」

引き取ろうとしたその手を止めて、俺は頼み込んだ。

「あの、これも見ていいですか?」

「え? いいよ。でも写ってないの見ても楽しくないだろ?」

「いいえ。あの…ふだんどんなふうにしてるのかなって思って。楽しそうだったらまた連れてってもらいたいな、なんて」

「ああ。そう。それじゃもっと前のも入ってるけど見る？」

「見ます！」

宝の山って言ったら言い過ぎかも知れないが、藤岡さんが出してくれた古いアルバムというヤツは、俺にとって最高のものだった。

しかも、俺の隠し切れない喜びを察したのか、藤岡さんはタバコをくゆらしながらその写真を一々説明してくれたのだ。

「これが一番古いのかな？　一昨年《おととし》の冬だよ。寒くてね。ほらこれ、みんなでラーメン食ってるんだけどカメラが湯気で曇っちゃってるだろ。こっちが去年の夏のヤツね」

写真が嫌いなのか、あまり一堂がメインのものは少なかったが、スナップの中に写っているものだけでも自分には珍しいものばかりだった。

バイクの前で身体をこごめている寒そうな一堂。

浴衣《ゆかた》を着て、マイクを持たされてる一堂。

どこかの牧場みたいなところでアイスクリームに齧り付いている一堂。

どれもこれも、自分の見たことのない彼の姿だ。

自分の前ではどちらかというと落ち着いた男という雰囲気があるのだが、バイク仲間のうちにいる彼は違っていた。

年上の人が一緒ということもあるのだろう、率先《そっせん》してではなくても、もっとおどけていて、子供のようだった。

こういう、自分の知らない場所で知らない顔をしている彼を見たかったのだ。

でも、過ぎてしまった時間は戻るわけがないし、一堂が自分を写真やビデオにとることなどないから、絶対見ることが出来ないと思っていた。

もう二度と見ることのできない貴重な写真だと思うから、俺は食い入るように一枚一枚を丁寧に見て行った。

「須賀くんさ、一堂のこと好きだろう」

「え?」

ドキッとして顔を上げる。

気づかれた?

「あ、そんな顔しなくてもいいよ。よくあることだから」

「よく…あるんですか?」

「まあね。ウチの高校生どももよく言ってるし」

高校生? そんなにライバルが?

「一堂は見た目も派手だし、バイクの扱いも上手いし、みんな憧れちゃうんだよな。やっぱり君もあなりたいと思うんだろ?」

…そっちか。

「須賀くんはしっかりしてる方だと思うし、君には君のいいとこがあるから、一堂の真似とかはしないで欲しいと思うけどね」

「はあ」

「一堂の乗ってるバイクとか、追っかけちゃダメだよ。体格違うんだから」

「はい」

何て答えればいいんだろう。

肯定《こうてい》して、憧れてるんですって言った方がいいんだろうか。否定して、憧れてるんじゃありませんと言った方がいいんだろうか。

でもこの口調じゃ俺が一堂に興味があることだけはバレてしまってるんだろうな。それなら憧れてるって思ってもらった方がいいのかも。

「一堂が連れて来た中じゃ一番しっかりしてると思うよ」

一堂が連れて来た中…、あいつ、他にも誰かあの集まりに連れてったのか。

「俺は須賀くんのこと好きだね。だから一堂みたいになんない方がいいよ」

そこだけは否定しておこう。

どう考えたって俺が一堂になれるわけないんだから。

「あの、俺、一堂みたいになりたいと思ってるわけじゃないです」

「え？　あ、そうなの」

「はい。彼とはずっと一緒にいますけど、別に真似とかしたこともないです。彼がその…男としてカッコイイなとは思ってますけど」

「何だ、悪《わり》い。実はこの間そういうヤツがいてさ。チビなのに一堂みたいなデカイバイク乗りたいとか言い出したから止めたんだよ。だからてっきり君もそうかと思って。ごめん、ごめん」

「大丈夫です。俺、自分がオートバイとか向いてないってわかってますから。オートバイ買うって言ってもきっと街乗りの小型のヤツだと思います」

「そうか、そうだよな。君はしっかりしてるし、そういうタイプじゃないよな」

彼は照れたように頭を下げた。

「いえ、藤岡さんも俺のこと思って言ってくれたんですから、そんなに恐縮《きょうしゅく》しないで下さい」

「いや、ホント悪かった。俺ってば早トチリで」

「いえ、こちらこそ」

何がこちらこそなのだかわからないけど、彼がもう一度頭を下げるから、つい自分も頭を下げてしまう。

気が付けば、目の前には既にケーキセットが置いてあった。

それに気づかないほど真剣に見てたんだから、この人が誤解するのも当然だよな。

「ケーキ、半分にしましょうか」

「ああ」

フォークでそれぞれケーキを二つに割って、相手の皿へ移す。

いただきますと頭を下げて一口食べてみると、意外なほど美味しかった。

ここでケーキを食べたことはなかったが、これならまた食べてもいいかも。

「美味しいですね」

「だろ？　特にスポンジがいいんだよね。多分アーモンドの粉が入ってるんだと思うけど。こっちのサワーチェリーも自家製じゃないかな」

「ひょっとして、ご自分で作るために研究してらっしゃるんですか？」

「え？　ああ、まあね。俺が働いてるのは洋風居酒屋なんだけど、結構デザートのケーキが出るんで、ちょっと研究しようかなと。でも男一人で入ってケーキってのは抵抗あるから、写真は口実」

「凄いなあ。ちゃんと仕事してるって感じですね」

一人暮らしってだけでオタオタしている自分に、単に働いているだけでなく、その仕事を研究までしてる藤岡さんはとても大人に見えた。

尊敬してしまいそう。

「ひょっとして、将来自分でお店を開くとか？」

「まあ出来れば、ね」

「出来ますよ。こんなに真面目にやってらっしゃるんですもん。俺、今度藤岡さんの料理食べてみたいな。実は今度一人暮らししなきゃならなくて、今自分も母親に料理習ってるんですけど、料理って凄い大変ですよね」

「いや、そんなでも」

「大変ですよ。包丁一つ持つんでも苦労しましたもん」

「そうかなあ。俺は子供の頃から料理作るの好きだったからなあ。小学校の時、リンゴの皮がどれだけ長く剝《む》けるかばあちゃんと競争したりしてね」

「小学校で？　凄い」

彼は嬉しそうに目を細めた。

「何か、君、いいよね」

「え？」

「いや、一堂が君のこと、普通だけど特別にいいヤツって言ってた意味がわかるよ」

一堂ってば、俺のことそんなふうに言ってくれてたのか。何かくすぐったいな。

彼はポケットの中から財布を出し、その中からカードを一枚取り出すと、それをこっちへ差し出してくれた。

「これ、俺の店のカード。よかったら本当に食べに来て」

「行きます。是非《ぜひ》」

それを受け取り、大切そうにしまう俺に、彼はもう一つプレゼントをくれた。

「よかったら、その古い方のアルバムあげるよ。いる？」

他意はなかったのかも知れない。

いつまでも持ってる古い荷物の捨てどころにされたのかも知れない。

だが俺にとってはこの上ない喜びだった。

「ありがとうございます」

今日、一堂のアパートに寄ることにしてよかった。

「あ、もちろん新しいヤツは焼き増ししてあげるからね」

この人に付いて来てよかった…。

「はい」


その後も、藤岡さんとオートバイや料理の話をして時間を過ごした俺は、いい気分のまま一堂のアパートへは寄らず、真っすぐ家へ戻った。

早く一人になって、手に入れた写真をゆっくりと見たいという気持ちがあったからだ。

今日は料理の手伝いも休み。

ベッドへ横になって、一枚一枚をもう一度吟味《ぎんみ》した。

一堂不足だった俺にとって、新しい彼の顔はとても楽しく、その中でも一番よい顔をしているヤツを、そっと定期の中へ忍ばせておいた。それはどこかの旅館の浴衣を着ているヤツで、一升瓶《いっしょうびん》を抱えて飲む真似をしているものだった。

もちろん、女の子達みたいに表に出すわけじゃない。内側のポケットの方、誰にも見られない場所に、だ。

アイドルの写真をペタペタと下敷きや紙袋に貼ってる女子学生達を笑えない行動だ。

本当は、とても寂しかったのだ。

アルバイトが忙しいのか、彼は電話もかけて来てくれなかったから。

だが、写真のおかげで気分はよく、翌日の大学へも軽い足取りで向かうことが出来た。

今日は一堂も授業がある日だから、昼食は一緒にとれるだろう。そしたら、昨日のことを話して、手に入れた写真であいつをからかってやろう。

そう思っていたのに…。

時計を気にしながらいつもの場所に向かう午後。

学食は既に人が多く、見知った顔の連中は目が合うと軽く手を振る。

一番安いたぬきうどんを買って、入り口近くの空いていた席に座って彼を待つ俺の前に、人影はすぐに現れた。

「一堂」

笑って顔を上げた。

俺も丁度今来たんだよ、お前も何か買って来いよと続けるつもりだった。

けれどその言葉は喉元まで出かかり、そこで止まってしまった。

「一堂…？」

怒ってる顔。

昼食を買うこともせず、乱暴に椅子を引いて目の前に腰を下ろす。

どうしたんだろう、何か嫌なことでもあったんだろうか。

それもまた質問する前に、彼の強い言葉で遮《さえぎ》られた。

「昨日、俺のアパート来たのか」

詰問《きつもん》するような口調。咎《とが》められているような。

「うん、行ったよ」

「どうして」

「どうしてって…、もう暖かいからコタツの布団を洗濯に出そうかと…」

「そんなことなってなかったぞ」

「ああ、うん。丁度家の前で藤岡さんに会って」

言いながら、俺は写真を取り出そうとカバンに手を入れた。

「それであいつとしけこんだのか」

「しけこむ？」

「どっか行ったんだろ？」

「うん…、誘われて近所の喫茶店に」

どうして怒ってるんだろう。

「何でそんなことしたんだよ」

「何でって…、この間のツーリングの写真を焼き増ししてくれるっていうから…」

怒られるようなことをしたんだよ」

「それだけじゃないだろ」

怒られるようなことなんだろうか、それが。

「それだけって？」

「他に話もしたんだろ？」

「ああ、バイクのことと料理のことと…」

彼の語気に圧《お》されてしどろもどろになってしまう。それがまた彼には気に入らないらしい。けれど
どう言われても怒ってる理由がわからない。

ひょっとして、勝手に写真を貰ったことを怒ってるんだろうか。

一堂は写真が嫌いだから。

俺はカバンの中に差し込んだ手をそうっと引き戻した。

「一堂、どうして怒ってるの？」

「怒ってなんかいねえよ」

「嘘だよ。怒ってるじゃないか。どうしてそんなふうに怒られるのか俺にはわかんないよ」

「怒ってねぇって言ってるだろ」

「じゃあ何？　俺が藤岡さんに会ったらいけないって言うの？」

彼は更にムッとした顔をした。

「いけないなんて言ってないだろ」

「じゃあ説明してよ。座っていきなりそんな態度じゃ、俺だって何て言っていいのかわかんないじゃないか」

彼のことは好きだ。

彼に嫌われるようなことはしたくない。

けれど俺達は恋人でもあるけれど友人でもあるはずだ。それなら立場は対等。俺がすることを彼に一方的にどうこう言われる筋合いはないじゃないか。

「…藤岡は俺のダチだから、お前には関係ないってことだ」

「何それ」

「お前にはお前のダチがいるだろ、足立とか。つるむんだったらあいつらと遊んでりゃいいだろ」

「な…」

何て言い方だ。

それじゃまるで藤岡さんを自分から奪うなって言ってるみたいじゃないか。

「俺だってこの間知り合いになったんだから、別に彼と話をすることくらいいいだろ。写真だって欲しかったんだし」

「写真くらい俺が纏めて頼んでやるよ」

「自分の目で確かめた方がいいだろ」

周囲には人がいるからなるべく声を抑えて話をするが、どんどん興奮してしまう。

一堂は興奮なんかしていないようだが、身体を横に向け、ふて腐れたような態度のままだ。

「ちゃんと言ってよ。俺がしたことが悪いことだって言うなら、それを説明して。俺が一堂の友人と親しくなっちゃいけないの？」

そういう意味じゃない、と、また水かけ論が始まるだけだと思って打付けた一言だった。

何が理由であろうと、それが理由ではないと思ったから直接聞ける質問だった。

だが、一堂はいともあっさりとそれを肯定したのだ。

「そうだよ」

カチン、と胸の奥で何かがぶつかるような音がする。

堅いものと堅いものが、閉ざされるように当たる音が。

「な…に、それ」

「バイクの連中は俺のテリトリーだ。お前の入って来る場所じゃない」

胸が詰まって、何故か泣きそうになった。

「この間はツーリングに連れてってくれたじゃないか」

いや、何故かじゃない。

彼が自分を『テリトリー』から弾《はじ》き出したから、悲しいのだ。

「それはお前が頼んだからだ。俺が誘ったんじゃねぇだろ」

「そうだけど…」

「俺には俺の生活があるんだから、勝手なことすんなよ」

「だって、部屋には来ていいって言ったじゃないか」

「部屋に来んのはいい。ただ俺のダチと勝手にどっか出かけることだけはすんな」

「そんな…」

苦しくて、文句を言おうと思っても、言葉が喉の奥で詰まったまま声に出ない。

「俺は暫《しばら》くバイトが忙しいから会えないが、もう藤岡に連絡取んなよ」

勝手なことを言ったまま、一堂は立ち上がった。

「食事は？」

「これからまたバイトだからいい」

「バイトって、授業は？」

「単位落とさない程度には出てるよ。お前には関係ないだろ」

「関係ないって…！」

そう…言うの？

お前のことが俺に関係ないって、そう言うの？

「一堂」

『恋人なのに』という一言が言葉に出来なかった。

『待ってよ』という引き留めの願いも口には出せなかった。

ざわめく学食。

何人かがちらりとこっちを見る。

俺達の会話が友人の談笑には聞こえないトーンになっているのを感じ取った人間が、好奇の目を向けている。

何か相応《ふさわ》しい言葉を、誰かに聞かれてもおかしくないトーンで言おうと思っているうちに、一堂は席を立ち、俺に背中を向けた。

「じゃあな」

その一言だけ残して。

俺は寂しいんだよ。

会いたいのに会えなくて、とっても寂しかったんだ。

その腕にすがりついて、お前の体温を感じて、一緒の空気を吸いたいのに、それが出来ないから、とっても寂しかったんだ。

自分の知らないお前のことを教えてくれる優しい人と、友達になるのはそんなにいけないことだった？

「一堂」

振り向いてもくれないほど、怒らせるようなことだった？

今まで見せたこともない態度で、俺から去ってゆくほど、自分の友人を盗られるのが嫌だったの？

彼が建物を出て、遠く人込みに姿を消すまで、俺は微動だにできなかった。

ちょっとでも動いてしまったら、泣いてしまいそうで、そのことだけに神経を集中しなくちゃならなかったから。

「…うどん」

彼が去った空席に、知らない学生が座る。

「食べなきゃ…」

箸を持って、ぬるくなったうどんを必死に胃に流し込む。

考えなきゃいけないことだけど、考えたくない。

彼が自分を弾き出した理由が、きっとどこかにあるはずだ。だって彼は俺を好きだと言ってくれてるんだから。それは疑いたくないんだから。

彼の友人と親しくなるなと命令したのも、きっと理由があるはずだ。

さっき彼が口にしたこと以外の何かが。

そうでなければ、俺は彼の側に行けない。

『来るな』と言われる恋人なんて、いるわけがないって思ってしまう。

それを認めたら、この恋が終わってしまう。

ついこの間まで、抱き合っていた二人なのに、どうして突然真ん中にそんな線を引いてゆくんだろう。何の説明もしないで。

五分で食事を終えた俺は、食器を片すとそのまま真っすぐ駅へ向かった。

午後にはまだ二コマ講義が残っていたが、もう授業を受ける気分ではなかった。

今はただ、早く帰って気持ちを落ち着かせて、頭を働かせたかった。

突然の一堂の態度が、何でもないと思えるような説明を自分で見つけなければ泣いてしまうから…。


人間の思考回路というのは、時々一方通行になってしまう。

上昇指向の時には、ものごとみんな都合のいいように解釈するし、その反対だとみんな悪い方に受け取ってしまう。

今の自分はマイナス思考。

一堂のあの態度で全てが悪い方向へ向かって転げ落ちて行く最中。

一堂が突然バイトを増やして俺に会う時間を無くしたのは、会いたくなくなったからじゃないだろうか。

そうでなければ、彼が今、バイトを増やす理由が考えつかない。

今まで店長に頼まれてバイト続きになった時もあった。けれどそういう時は電話をくれたり、携帯でメールをくれたりしたものだ。それが無くなったのも、する必要を感じなくなったからじゃないだろうか。

俺が一人暮らしをしなければならないのだと相談した時、一緒に住もうという言葉がジョークでさえ出なかったのはどうしてだろう。

自分からも言い出さなかったクセに、それが酷《ひど》く気にかかり始める。

高校の時までは、俺達は同じ学校で、同じクラスだったから、友人は重なっていた。

クラスが離れてからは、個人の付き合いで自分も敢えて彼のクラスの友人に紹介してもらいたいと思ったことはなかった。

当時、自分達は単なる友人だったし、彼と自分の友人はちょっと毛色が違っていたし、高校生というのは大体そんなものだから。

でもあの時、俺が彼の友人達の輪の中に入って行ったら、同じセリフを言われていたのだろうか？

藤岡さんと俺が喫茶店に行ったことでヤキモチを妬いてくれたんじゃないかと考えることも出来た。

以前、俺が友人と親しくしてた時、同じようなことがあったから。

けれどツーリングの時、彼が自分と話をしていても、一堂は怒る素振《そぶ》りも見せなかったじゃないか。

むしろ連れてった先で俺がみんなと仲良くしたことを喜んでいるふうでもあった。

だからそうとは考え難い。

彼の友人関係を『自分のテリトリー』と称し、そこへ俺が入ることを拒《こば》む理由って何だろう？

どんなに考えてみても『嫌だ』という感情しか見つけられない。

俺が彼の友人と親しくなって、今まで俺に見せていなかった顔を見られることを嫌がった。

自分の友人と、他の人間がより親しくなるのを嫌がった。

そんな理由しか考えられない。

一堂は女性関係に派手な男だった。

恋人になり始めた時も、『性欲の処理に女を抱いてもいいんだ』みたいなことを言っていたこともあった。

浮気をして欲しくなかったら、一週間に一回は抱かせろと言われたこともある。

だがその間隔《かんかく》はだんだん空いてゆき、今はバイトのせいもあって一カ月近く何もしていない。

俺を抱く気がなくなってしまったのだろうか。

だとすると、そういうことを全て引っくるめた結果はたった一つだけ。

考えたくないし、認めたくないけれど、『もう以前ほど俺を好きではなくなった』ってことだ。

嫌われたまでは思いたくない。

好きじゃないならハッキリ言う男だから、そうじゃないとは思う。

でも、愛情が欠けてゆくことはあるだろう。

そして…、新しく好きになり始めた人が現れることもある。

悪い方へ、悪い方へ走りだす考え。

こうなると自分では止められなくなってしまう。

もう一度、ちゃんと話し合って、この不安を払拭《ふっしょく》したくても、一堂はもう昼食の待ち合わせにも来てくれなくなってしまった。

取り残されて一人きり。

誰にも相談出来ない恋だから、頼る先もない。

その上、ついに最後通牒《つうちょう》が親からも言い渡されてしまった。

「お父さんの転勤、来月に決まったわ」

夕飯の支度《したく》を手伝っている時、母親が切り出した。

「え…?」

いつかは言われるとわかっていても、日数が限定されるとドキリとする。

「この家は会社が社宅として借り上げてくれることになったから、お前も少しずつでいいから引っ越しの用意をしておきなさい」

「そんな急な」

「急って、あなた。転勤のことはとっくに言ってあったでしょう?」

「それだって、色々俺にもあるんだよ」

「色々って何よ？」

「色々だよ」

「変な子ねぇ。残ることは決まってるんでしょ？」

「…残るよ」

このまま、一堂と顔を合わせずにここを出て行くのだろうか。

見ず知らずの部屋で、一人きりの生活を始めなくてはならないのだろうか。誰も待っていない部屋に住まなきゃならないのだろうか。

料理は覚えた。

買い物も、洗濯も、日常生活に必要なことはちゃんと覚えた。

けれどこの寂しさを埋めることが出来ないまま、家を出るなんて…。

せめて一堂とこんな状態でなければもう少し前向きに考えられただろうけど、今は特に寂しい。

「とにかく、転勤は会社の都合なんだから、母さん達は来月にはいなくなっちゃうわよ。家の方は少し余裕を見るように頼んであげてもいいけど」

「だって、部屋だって決めてないし」

「今から探せばいいじゃない。何だったらお母さんが探してあげようか？」

「…いいよ。自分で探す」

「じゃあ、早くしなさいよ」

追い立てられる。

今までのぬくぬくとした幸せな状況から、何もかもが自分を追い立てる。

一番助けて欲しい人が、突然遠くへ行ってしまったから、どうすればいいのか考えることもできない。

自分の暗い考えが間違いだって思い直す時間もない。

一堂。

お前は今何をしてる？

俺のこと、少しは考えてくれてる？

俺のことを、まだ必要としてくれる？

「お部屋の予算、六万くらいまでにしてくれると助かるわ。家財道具とかはうちにあるの持ってってっちゃっていいから」

「相場《そうば》とかわかんないから、一回雑誌でも見てみるよ。冷蔵庫とかはウチのじゃ大き過ぎるし、買う物もあるかも」

「そうねえ、じゃあ買う物調べて書き出しといて頂戴《ちょうだい》」

「わかった」

俺は一堂の腕が欲しいよ。

お前の、体温が欲しい。

この気持ちを、もう一度お前に伝える機会を、ちゃんとまたくれる？

一人で置いていかれた悲しみの涙を、その胸で受け止めてくれる？

「ちゃんと考えるよ」

『悪かった、あれは嘘だよ』って言葉を聞かせてくれる？

「ちゃんと…」

俺のこの悪い考えの全てを、いつか消し去ってくれる？

…一堂。


その電話は突然かかって来た。

『もしもし、須賀くん？』

大学で携帯にかかって来たから、絶対に一堂だと思って出た。携帯を持ってはいるけれど、あまり人に番号を教えてはいなかったから。

丁度《ちょうど》教室を移動する途中だったし、時間を計って彼が連絡を取ってきたのだと。だが、それは全く知らない声だった。

「…どちら様でしょうか」

慌てて出たからよく見てなかったけど、非通知じゃなかったよな。

勧誘とかにしてはちゃんと俺の名前を呼んだし、藤岡さんには携帯の番号は教えてないし。一体誰だろう。

『えーと、わかるかな。西村です。ほら、一堂とツーリング行った時のバイク屋の親父』

「ヒゲさん？」

『そうそう、髭のあったおにーさん』

声の調子は確かにあの時のヒゲクマさんのようだ。

でもどうして、彼が？

「あの、俺、電話番号教えましたっけ？」

『いや、今一堂ウチでバイトしてるんでこいつから聞いたんだけど、悪かった？』

一堂から？

『こいつ』ってことは今そこにいるの？

だって、あいつ、自分のテリトリーに入って来るなって言ったのに。自分の友人と親しくするなと言ったのに。

『実はさ、今度飲み会があるんだよ、この間の連中の。でね、俺は君も誘ったらどうかと思って』

「はあ」

どういうことなんだろう。

この間のことは何かの間違いだったのか？

それとも西村さんは特別なのか？

『一堂に誘ってくれって言ったんだけど、自分でしろって言うもんだから。突然でごめんね』

「いいえ、とんでもないです」

『今度の土曜なんだけど、どう？　暇？』

俺は何と答えるべきなんだろう。

行きたいと思うけど、行ったらまた怒られるんだろうか。

「あの、一堂、そこにいるんですか？」

『うん？　いるよ。替わろうか？』

「お願いします」

小さな物音がして、耳には聞き慣れた声が届く。

『もしもし』

相変わらず無愛想《ぶあいそう》な声。これはまだ機嫌の直っていない声だ。

「今西村さんから飲み会誘われたんだけど…」

『ああ』

「俺、行ってもいいの？」

一堂は返事をしてくれなかった。

短い沈黙が続く。

「一堂」

名前を呼ぶと、やっと彼は何かをポソリと呟いた。

「え？　何？　聞こえない」

『今日、戻るから夜部屋で待ってろ』

「今夜？　何時？」

返事の代わりに聞こえて来たのは、プッッという電話の切れる音だった。

何だよ。

一体どうすればいいんだよ。

どうして一堂から電話くれないんだよ。

来て欲しくないなら、来るなって言えばいい。行っていいなら来いって言えばいい。どっちとも言わずに西村さんに電話させて、行ってもいいのかと聞いたら呼び付けるだけ呼び付けて切るなんて。

俺は切れた電話をポケットに突っ込んで教室へ向かった。

電話に出ていたせいで時間がギリギリになってしまったから、他の学生達と同じように走って行かなくては出欠に間に合わない。

けれど走りながら自分でもわかっていた。

俺は今日、きっと一堂の部屋へ行くだろう。

どんなに都合も聞かず呼び出されても、俺は彼のもとに駆けつけてしまう。

これが自分の胸の中でとぐろを巻く『不安』という名の蛇《へび》を追い出すたった一度のチャンスかも知れないと思うから。

そして、どんな状態であっても、やっぱり彼の顔を見に行きたいと思うから。


合鍵を使って、アパートの部屋へ入る。

部屋は真っ暗で、誰の気配もしなかった。

ついこの間、二人で抱き合ったコタツから、布団は剝がされていて、何故か部屋も前より少し片付いていた。

荷物が減ったみたいだ。

部屋の隅に山積みにしてあった雑誌がなくなってる。

電子レンジをもらってから使わなくなった、ボロいオーブントースターも消えている。

ほんの少しの違いだけれど、その違いが自分の知らない間に行われていたことが、また心を寒くさせる。

親には、一堂に一人暮らしに必要なものを聞きに行くのだと言っておいた。

同じ高校と大学に通い、ウチへも遊びに来ている一堂を、当然母親も知っていて、それはいいことだと外泊を許可してくれた。

ついでだから、彼を待っている間、この部屋にあるものをメモ帳に書き取った。

ここにあるものが揃えば、自分の一人暮らしにも不自由はないだろう。

電話、冷蔵庫、レンジ、テーブル、テレビ、食器棚に洋服ダンス。冷蔵庫以外はどうやら家にあるものを持っていけば大丈夫だろう。

書き取りが終わるとすることもなく、テレビを点けてごろりと畳の上へ横になった。

電話の時、彼は西村さんの店にいた。

バイク屋って何時までやっているんだろう。

夕食、どうするか聞けばよかった。

様々なことを考えながら、見たくもない番組をぼうっと眺めているうち、俺は眠ってしまった。

目が覚めたのはガタン、と物音が聞こえたからだ。

ハッ、と身体を起こすと、丁度彼がカギを開けて入って来るところだった。

時計は夜の十一時、こんな時間までアルバイト？

「…おかえり」

何を言っていいのかわからなくて、取り敢えずそう言った。

「ああ」

今までだったら『遅くなって悪かった』くらいは言ってくれたのに、今日も短い返事だけ。

「お腹、空いてない？」

「弁当、お前の分も買って来た。牛丼でいいな」

「うん。じゃ、お茶淹れる」

「ああ」

距離が遠い。

実際の距離じゃない。心が、遠くなってしまった気がする。

会話の間にも、何かもやもやとしたものが挟まってるようじゃないか。

「西村さんからの電話のことだけど…」

やかんに水を入れ、コンロにかけながら口を開く。

顔を見ない方が話しやすいかと思ったから。

「お前から断れよ」

「どうして？」

「来て欲しくない」

「俺が西村さんと親しくなるのが嫌なの？」

声が届かなかったのか、返事はなかった。

「俺が西村さんと親しくなるのは嫌？」

もう一度、今度はさっきより大きな声で聞いてみる。

「来るなって今言っただろ」

「どうして？」

やかんをそのままに、俺は部屋へ入った。

一堂は丁度シャツを脱ぎ捨てたところで、上半身裸のままこちらを睨みつける。だが俺は怯《ひる》まなかった。

「…俺が、一堂のテリトリーに入るのが嫌なの？」

「お前はどうして行きたいんだ」

質問に質問で返す切り口上《こうじょう》。

「え？」

テーブルの向こうとこっちで、立ったままの会話になる。

「その口ぶりだと飲み会に行きたいんだろ？　たった一回会っただけの連中の集まりに、どうしてそんなに行きたがるんだ」

「それは…、一堂の友人だからだよ」

「関係ないだろ」

またそのセリフか。

「何で関係ないって言うんだよ。自分の好きな人が他にどんな人と付き合ってるのか知りたいって思っちゃダメなの？」

その一言がどれほど俺を傷付けるか、わからないのか。

「そうやって黙ってちゃわからないじゃないか。説明してよ。そんなに俺のしてることは不躾《ぶしつけ》で、嫌なことなの？」

「そうじゃない」

「じゃ、何？　俺が一堂のこと知りたいと思うのはいけないこと？」

「知らないヤツにホイホイ付いてくなってことだ、気分悪《わり》ィんだよ」

一人で彼はゆっくりと動き出し、黙ったまま小さなタンスを開けると、寝間着《ねまき》替わりの古い、首の伸びたシャツに袖を通した。

「知らない人じゃないじゃないか。俺は行きたいよ。西村さんだって、藤岡さんだって、他のみんなだっていい人達だったもの。俺の知らない一堂の時間を知ってる人達だから話を聞きたいよ。一堂が他の人とどんなふうに付き合ってるのか知りたいんだ」

返事をくれないから、言葉が止まらない。

「藤岡さんと会って話をした時だって、楽しかった。ツーリングで海とか山とか行ったなんて知らなかったから。写真とか見せてもらって、話も一杯聞いて。一堂が行くところへ、俺も行きたい。一堂が楽しいと思うことを知りたい。確かに、こんな考え方はお前にとってわずらわしいものかも知れな

い。うざったいって思うのかも知れない。だったらそう言ってよ。凄く行きたいけど…、一堂が『行くな』って言うなら行かないから」

お湯の沸く音がしたから、何とか言葉を切って台所へ向かう。

一堂の言葉は追って来ず、お茶を淹れて戻るまで部屋に響くのは食器の音だけ。

テーブルの上に急須《きゅうす》と湯呑みを置き、お茶を注いでも、彼は突っ立ったまま動かなかった。

何か言ってよ。

俺はこんなに喋ったんだよ。

自分が何をしたいか、ちゃんと言ったんだよ。

今度は一堂が俺にどうして欲しいか言ってよ。

返事を待って彼を見上げると、一堂はポソッと呟いた。

「お前がそんなんだから、あんなムカつくこと言われんだよ…」

それは小さ過ぎて、きっと俺に聞かせるためではない言葉なのだろうと思われた。

それから彼は近くのメモ帳を取り出し、さらさらとそこへ何か書き付けると無言のまま、それを俺に寄越《よこ》した。

「…何？」

「日曜の、待ち合わせの場所と時間だ」

「行っていいの？」

「お前には言ってもわかんねえだろうから、直接教えてやるよ」

「言ってわからないなんて、まだ何も教えてくれてないじゃないか。それともテリトリーに入るなって言うのが説明なの？」

「あれは言葉のアヤだ。でもお前はバカだから、言ってもわかんねえよ」

「バカって…」

「バカだろ。こんなにわかりやすい話したってわかんねえんだから」

「話なんてしてないじゃないか」

「しただろ。それがわかんねえんならこれ以上言ってもしょうがねえんだよ」

「一堂！」

「うるせぇな、もういいだろ。飲み会には行っていいって言ってやったんだから」

そうじゃないだろ。

そういうことが言いたいんじゃない。

「俺は自分のしたいことをしたいって言ってるんだ。嫌なら嫌と言って欲しい。嫌なことはしないよ。でも何も説明されないで突っぱねられるのは嫌なんだ」

どんなに言葉を尽くしても、彼はもう何も言わなかった。

牛丼のフタを開け、そのまま食い始めてしまった。

これもまた拒絶。

俺の必死な気持ちを無視してる。

相手の気持ちがわからないのは仕方がない。

自分の望むものと、相手の望むものが違うのも仕方がない。

だって別の人間なんだから。

でもこれからも、いつまでも、一緒にいたいから、お互いの望みを口にして、お互いの気持ちを説明するんじゃないのか？

「…帰る」

「潤？」

「俺はちゃんと話し合いに来たのに、バカだからわかんないって言うなら、これ以上ここにいる必要はないだろ。もう帰る」

「メシは？」

「二人分食べればいいだろ！」

「潤っ！」

悔しい。

こんなふうに相手にされないなんて。

「潤！」

俺はアパートを飛び出すと、そのまま家へ向かって走りだした。

これが多分最初の俺達のケンカだった。

いや、多分一堂はケンカとも思っていないだろう。単に俺が怒って、拗《す》ねたと思ってるだけに違いない。

それが余計に悲しかった。

「バカヤロー…」

何が悪いのか、どうしてこうなるのか、全然わからないままだった。

恋なんて、楽しくない。

こんなに、こんなに好きなのに。

今だって、折角《せっかく》会ったのに抱き合ってこなかったことを後悔するほど好きなのに。

「ばか…」

世界で一番好きな人に背中を向けて走ってる自分の姿は、みっともなくて、ばかで、全然楽しくなんかなかった。

これは誰が悪いんだろう。

自分なのか？　一堂なのか？　それともどちらも悪くないのか？

けれどどんなに考えても、その答えが出ることはなかった。

土曜日の午後八時。

都心のS駅から歩いて五分ほどの店が、待ち合わせの場所だった。

これで行ったら、怒るんじゃないだろうか。本当は行ってもいいと言っても行かないことを望んでいたんじゃないか。さんざん悩んだ。

でも、『お前には言ってもわかんねえだろうから、直接教えてやるよ』と、彼は言っていた。

あの時は興奮してたから聞き流してしまったが、『直接』ってことは飲み会に参加したら彼が説明してくれるのではないかと、ほのかに期待したのだ。

雑踏《ざっとう》から少し離れたビルの下、鉄の金具のついた小さな戸口。その前に立ち、一堂に渡されたメモと扉の店名をもう一度確かめる。

間違いない、ここだ。『シグマ』と書いてある。

一瞬躊躇《ちゅうちょ》はしたけれど、俺は扉を押し、中へ入った。

照明の暗い、あまり広くない三角形の店内。

二辺の壁沿いにテーブル席、最後の一辺にカウンター。

既に多くの客が椅子を埋めていたが、その全員がバラバラの客ではなく、一つの団体であることは会話からすぐにわかった。

「すいません、あの…、須賀ですけど」

自分がどこへ行ったらいいのかわからず、近くにいた店員に名乗る。

だが同時に奥の席から誰かが俺の名前を呼んだ。

「おう、須賀くん。こっち、こっち」

薄暗い照明の中、目を凝《こ》らすとオレンジのシャツを着た藤岡さんが手を振っていた。同じテーブルには西村さんもいるし、一堂もいる。

「こっちおいで」

手招きされて、そちらへ向かうと、彼は自分と一堂の間に俺の席を作ってくれた。

「よく来たね。一堂と一緒に来るのかと思ったよ」

複雑な気持ち。

彼等と仲良くするなと言った本人がそこにいる。しかも今まではバイトで忙しいからと電話もしてこなかったのに、飲み会の最初っから参加しているのだ。

「どうも」

俺はちらっと一堂を見た。

怒っているのかどうかわからないな。

でも声をかけて来ないところを見ると、やっぱりあんまり機嫌がいいと思えないんだけど。

「…一堂?」

俺はそっと声をかけてみた。

「お前、ずっとここへ座ってろよ」

「え？　うん」

それはどういう意味なんだろう。

自分の隣にいろということか、他の人間と親しくなりに席を外すなということか。

「須賀くん、ビールでいい？」

「あ、俺まだ未成年なんで…」

「カタイこと言うなって。大丈夫、ちょっとだけなら」

「でもあんまり飲んだことなくて」

「本当？　今時？　真面目だなあ。試してみるだけでもダメ？」

「藤岡、無理強《じ》いはするなよ。本人が飲みたくないって言うんだから。ウーロン茶にするかい？」

助け舟を出してくれたのは一堂ではない。向かいに座っている西村さんだ。

「…じゃ、一杯だけビール飲ませていただきます。ダメだったらウーロン茶にしていいですか？」

「大丈夫？」

「はい」

一堂は俺がビールを頼んでも何にも言わなかった。

というか、話しかけてもくれなかった。

「その後どう？」

「え？」

気持ちは右の一堂に、会話は左の藤岡さんと。

意識がバラバラになってどちらにも集中出来ない。

「一人暮らし計画」

「あ、ええ。来月には引っ越さなきゃいけないんです」

そうだ、そのことも一堂に言いたかったのに。ケンカしたせいでこの間も言いそびれてしまった。

「じゃあもう荷物とか作ったのかい？」

「いえ、まだ」

「実家から出るんだろ？」

「はい」

「何だ、須賀くん変な時に家出るんだねえ」

西村さんも会話に加わり、話が広がる。

でも一堂は何も言わない。

「あの、父が転勤になるんです」

「ああ、そうか。俺はまたてっきり一人暮らしに憧れてかと思ったよ」

「違いますよ。俺、一人で住むのなんか寂しくてダメです」

「じゃ俺と住まない？　上手い飯作ってあげられるよ」

「ばーか、一堂と同じ大学なら、藤岡のアパートからじゃ三回も電車乗り換えなきゃならないだろ。須賀くんはまだバイクに乗れないんだぞ」

「そうか」

その一言を俺は左からではなく右から聞きたかった。

注がれたビールのコップにそっと口を付ける。

それは苦くて、あまり美味いとは言えなかった。俺は炭酸飲料にも弱いのだ。

けれどその苦味が今の気分にはよく合っていたので、もう一口飲み下した。

喉の奥へ消える発泡のチリチリとした感じが、胃の中で膨らむ。もやもやとした気持ちが時間の経過とともに大きくなるように。

「その後、バイク計画はどう？」

西村さんの問いに、俺は申し訳なく頭を下げた。

「はあ、引っ越しが決まったんで、暫くは無理だと思います。お金に余裕が無くなりそうなんで」

「そうか、そりゃよかった」

「よかった？」

「ああいや、その…、今オススメのヤツがないからね。須賀くんは小回りの利《き》く可愛い感じのがいいんじゃないかと思ってたからさ」

「ああ、そうですね。あまりゴツイのは…。自分で起こせないバイクにも憧れますけど、やっぱり自分サイズが一番ですから」

「うん、うん」

一堂が、横で立ち上がり、だれかを呼んだ。

応えて別のテーブルにいた女の子がやって来る。

「やだ、猛。あんたもいたの？」

背中がピリッと痛む。『猛』？　一堂のことをそう呼ぶ女性は初めてだ。

「あれ、愛《あい》ちゃん、久々だねえ」

「西村さんも、相変わらずね」

誰？　その人は誰？

「西村さん、悪いけど、愛は今俺が呼んだから、順番は俺が先ね」

「ん？　ああ、いいよ。じゃあ後でな」

「はいはーい、またね」

『愛』と呼ばれた彼女は、一堂の向こう側にスペースを作って腰を下ろした。

長いソフトソバージュの髪、まだ早い季節なのにハイネックでノースリーブのぴったりとした薄手のシャツがとてもよく似合っている。

一堂は彼女の耳に顔を寄せて、何事かを囁いた。

「やあねえ、そんなこと聞かないでよ」

彼女はゲラゲラと豪快に笑って一堂の肩をバンバン叩いた。

美人で、ざっくばらんな性格。一堂の好きなタイプの女性であることはすぐにわかった。

「そういえば、何時俺の店に食べに来てくれる？」

もっとそっちを見ていたかったのに、反対側から藤岡さんにそう聞かれて、背中を向けずにはいられなくなってしまう。

「あ、これから試験と引っ越しが重なるんで、その後になってしまうかも」

「そっか、残念だな。君だったら何て言ってくれるかとても楽しみだったのにな」

「そんな、俺なんか、料理のこと全然わかんないから」

「だからだよ。俺の料理は普通の人が食べるメシだからね。普通の人がどう思うかってのが一番大切なのさ」

「ああ、そうですね」

会話をしながらも、耳は背中に向いていた。

「そうねえ、あの時はね…」

「…で、胸が当たるだろ？　ヤバイよな」

「やだ、猛ってば。…がいるのに…」

「マジだって」

切れ切れに入って来る言葉が胸を妬く。

背中合わせの肘《ひじ》だけが触れ合う。

体温はじんわりと背に伝わる。

けれど互いの言葉は全然別の人に向けられ、目に映るのも他人。

「あの…、さっきの女の方はどなたですか？」

終《つい》に堪らなくなって、俺は藤岡さんに聞いた。

「女の人？　ああ、愛ちゃんね。『ちゃん』づけにはしてるけど、俺より年上なんだよ」

「年上ですか？」

「興味ある？　あの人いっつもセクシーな格好してるからね。俺達のセクシー部長みたいなもんさ。もっとも、性格は男そのものだから。俺らと平気で雑魚寝《ざこね》するタイプだから何人かアタックして玉砕《ぎょくさい》したけどね。ねえ、西村さん？」

「俺の名前を出すな。俺はアタックしてないぞ」

彼は俺が彼女に興味を持ったと誤解して、そう説明してくれた。

「それより今度新作のメニュー考えたんだけど、聞いてくれる？」

「あ、はい」

心が冷えてゆく。

店の中は後続のメンバーが増え、どんどん賑やかになってゆくのに、音が自分から遠のいてゆく。

元々飲み会で騒ぎたくて来たわけではない。この仲間と一緒にいる時の一堂がどんなふうなのかを見てみたくて来たかったのだ。

藤岡さんはいい人で、西村さんもいい人だ。

けれど、どんないい人よりも自分にとって大切な人がいるから、彼等では心の穴は埋まらない。

一堂は、一体何を『直接』教えてくれるというのだろう。何時説明してくれるつもりなのだろう。

俺に言葉を向けるつもりもないようだし、今は例の女性と話をするのに夢中のようだ。

酒の杯を重ね、食事をつまみ、とても楽しそうに笑い声を上げている。

以前もよく見ていた光景じゃないか。

高校の時、彼が女の子に囲まれてこうしている姿は何度も見た。でもあの時はこんなに胸が痛むことなどなかった。心の中に『一堂に触らないで』なんて、気持ちが渦巻くこともなかった。

藤岡さんがずっと俺に話しかけて来てくれるけれど、そんなんだから俺の返事はだんだんと曖昧《あいまい》なものになってしまう。

「お酒に酔った？」

と彼が聞いた時、俺は既にコップに三杯目のビールで唇を湿らせていた。

「いえ、そんなには」

「少し無口になって来てるよ。やっぱり控えた方がいいかも。ウーロン茶取って来てやるよ」

「あ、自分で…」

「いいって。俺は須賀くんが気に入ってるからね、優しくしてあげるよ」

藤岡さんがタバコを手に立ち上がる。

「あの、本当にいいです」

その肘を摑んで引き留める。

その手を、更に引き留める手が重なった。

「酔ったのか？」

今までずっと俺のことを無視していた一堂の手だ。

「…酔ってないと思うけど」

「来い」

彼は突然、腕を取って俺を立ち上がらせた。

「おい、一堂。乱暴に扱うなよ。彼はお前と違うんだから」

「こいつのことは藤岡よりよくわかってるよ。そんなやわなヤツじゃねえ」

「そうよ。須賀くんって言うの？　大丈夫よ、猛はこう見えても凄くいい男なのよ」

一堂の向こうから声をかける彼女に、一瞬カッと腹が立った。そんなの知ってる、あなたより、俺のがこいつの近くにいるんです、と言いたくなった。

「須賀くんは知らないかも知れないけど、優しいのよ」

知ってます。だから好きになったんだから。

「もういいよ、愛」

彼の気持ちがわからない。

怒ってる？　心配してる？　妬いている？

「外の風に当たりゃいいだろ。来い」

「あ…、うん」

『出ていけ』じゃなく『来い』だから、少なくとも彼が一緒に来てくれると言うのなら、どこへでも行く。それが俺の一番最初の気持ちだから。

「ちょっと風に当たって来ますね」

藤岡さんに言い置いて、一堂と二人、店の外へ出る。

夜風はそんなに冷たいものではなかったが、タバコの煙がなくなった分、ずっと空気がよくて気持ちよかった。

ここで、説明してくれるつもりなんだろうか。

「気分はどうだ」

「酔ってないから平気だよ」

「そういう意味じゃない」

「え？」

「俺が愛とずっと喋ってる間、楽しかったか？」

見下ろすように、彼が俺を見る。

ヤキモチを妬いていたことを見透《みす》かした口調で。

「お前の知らないとこで、俺はいつもああやって遊んでるんだぜ。そういうのが見たかったんだろ？」

そして笑う。あんまり気持ちのよくない笑顔で。

「何だよ、それ…」

「お前が言ったんだろ、自分の見てないとこでお前が何をしてるか知りたいって。それが楽しいかって聞いたんだ」

「そんなの、楽しくないよ」

「愛は単なる友達だぜ。寝た相手ってわけでもない。それでも楽しくないか」

「当然だろ」

「どうして？」

彼は聞いた。

答えなど、わかっているクセに。

「好きな人が他の人と楽しそうにしてたら、楽しいと思えないのは当然だろ」

一瞬、風が吹いて一堂の髪がざあっと流れた。

長い前髪が顔にかかって表情が見えなくなる。それを首を振るだけで戻した彼は、今度はさっきと違う笑顔を浮かべていた。

「帰ろうぜ」

「え、でもまだ…」

「俺が『帰ろう』って言ってるんだ。帰るのか、帰らないのか」

「…何の説明もしないままで態度がデカイとか思わないわけ？」

「してやるよ」

彼の手が俺の頭をぐいっと抱き寄せた。誰が見てるかもわからないのに。

「してやるから、部屋へ来い」

彼の温かさだ。

「今度こそ、本当に？」

「俺はこの間は『説明する』なんて一言も言ってないぜ」

「一堂は口が上手い」

理由はないけれど、その瞬間、確かに一堂が自分のものだという気がした。もう怒ってないし、俺のことをちゃんと考えてくれてる、そんな気がした。

だから、俺は彼の腰に手を回し、こう言うしかなかった。

「いいよ、一緒に帰る」

恋愛は、『好き』が多い方が負けるって聞いたことがある。

でも恋愛は勝ち負けじゃないのに、と思った。同じ気持ちで一緒にいるのが恋愛だろうに、どうして勝ちと負けがあるのかって。

でもきっとそれはこういうことなんだろう。

好きだから逆らえない。それが負けるって意味なんだ。

でもそれなら、俺は彼に負けてもよかった。

それでこの腕が自分のものになるなら。


金がもったいないからと、俺達は電車で帰った。

帰宅途中のサラリーマンに囲まれて、会話もできないままだったけれど、それでも混んでるから二人でくっついていられるのが嬉しかった。

地元の駅で降りてアパートまで歩く途中、歩いてる間に酔いが回ってしまったのか、つい俺は真っ暗な空を見上げてポツリと言った。

「寂しかった」

一堂は何も言わなかったけれど、軽く頭を撫でてくれた。

ケンカして飛び出した時のまま、変わらない部屋。

「お茶を…」

「喉渇いてねえだろ」

「うん」

「じゃあいい、座れ」

いつもの場所へ、素直に腰を下ろす。

一堂もその隣へ腰を下ろした。

コタツの上掛けだけがまだ残っていて、足を入れると中の空気だけが不思議とひんやりとしていた。

「お前、藤岡に誘われて喫茶店行っただろ」

一堂がタバコを銜《くわ》え、火を点ける。

白い煙が漂い、消えてゆく。

「うん」

「お前はバカだから、また愛想《あいそ》振り撒いたな」

「何だよ、その言い方。別に愛想なんて…」

「撒いたんだよ。だから藤岡はお前のことベタ褒めで、気に入ったとか抜かしやがった」

ふてくされてる口調ではあるが、この間のようなトゲトゲしさはないので、黙って続きを聞く。

「どんなに言っても、お前にはきっとわかんねえだろうな。そういうのに注意しろって」

「そういうのって？」

「愛想振り撒いてあっちこっちにコナかけるなってことだ」

コナをかけるって…まるで誘惑したみたいな言い方じゃないか。

「まさか、だって藤岡さんはその…ゲイってわけじゃないんだろ？」

「あのな、俺がホモじゃねえのはお前だって知ってるだろ。お前に惚れるまで、俺は女しか相手にしたことなかったんだぜ」

それはそうだ。

「妬いた…の？」

まさかと思いながら聞く問いかけ。

「当然だろ」

一堂は意外なほどすぐにそれを認めた。

「でも、彼を紹介したのは一堂じゃないか」

まだ問題が解決したわけではないのに、それだけでも嬉しい。

「紹介したのはその他大勢としてだ。お前が俺と一緒にいたいって言うから連れてっただけで、あいつ等に引き合わせるために連れてったわけじゃねえ」

長く吐き出す煙は、わざと俺に向けて吹かれた。

手で煙を払うと、もう一度吹きかけられる。

睨みつけても、彼はしれっとした顔で言葉を続けた。

「お前はボケたバカだから、いくら言ってもわかんねえだろうな。俺はな、自分の目を信じてる。自分がいいと思ったものを他人もいいと言うだろうと思ってる。事実、藤岡のヤローは、お前のことを

『人の話を真剣に聞いてくれるいい子だ』『女の子だったら彼女にした』まで言いやがった。しかもお前と来たら、俺の知らないところであの男の店に行く約束までしてたんだろ」

「…うん、した」

「ばーか」

また煙。

ガキくさい嫌がらせだ。

「俺のことが知りたいだって？　だから他の人間に聞くだって？　俺がいるのに。どうして俺に先ず聞かない。コソコソと他の人間から聞くくらいなら、俺に聞けばいいだろ。他のヤツと勝手に親しくなられるのがどんなにイラつくか、今ならお前にもわかるだろ」

一堂は最後の一吹きを横に向けて吐き出すと、タバコを既に吸い殻で一杯の灰皿で捻《ね》じ消した。

「俺が愛とベタベタしてる時の気分はどうだ？」

「…いやだった」

「あいつは単なる友達だぜ」

「それでも嫌だった」

「お前と藤岡が何でもなくても、お前が俺の知らないところで誰かと親しくなって、そいつから『知ってるか、須賀っていいヤツなんだぜ』って聞かされたら、俺がどんな気持ちになるかわかるか？」

「…嫌だと思う。そう感じてくれるといいなって思う」

「『須賀くんは知らないかも知れないけど優しいのよ』って愛に言われた時の気分は？」

一堂はにやりと笑った。

こいつ…、ひょっとしてあの時の彼女のセリフ、ワザと言わせたんじゃ。だから『もういい』って言ったんじゃないだろうな。

「俺が一番須賀のことわかってるのにって思ったよっ！」

悔しい。

ハメられた。

「言ってみろよ。他のヤツに愛想を振り撒くな、親しくするな、知らないヤツにホイホイついて行くな、自分に『あなたは知らないかもしれないけど』なんてセリフを聞かせるなって」

もうわかってる。

そのセリフが全部一堂の気持ちなんだってことが。

「言わない」

「何だと？」

「そう思ってるけど、言わない」

「どうしてだよ」

「そんなこと言って、うざったいって思われるのが怖いから。本当は一堂が他の人間の話をするとすぐにヤキモチ妬くくらい心配で、自分の知らないところで俺より好きな人を作るかも知れないから、どこへでも付いて行きたいと思ってるし、わざわざ足立に『どうしたら好きな人が浮気しないかって心配をしないでいられるか』っていう相談までしたけど、言わない」

「…全部言ってんじゃんか」

精一杯の抵抗。

言いなりになってあげることは容易《たやす》い。

ヤキモチ妬きました。一堂の言ってることはわかりました。以後同じことはしません。そう言うのは簡単だけど、その約束はきっと守れないと思う。

自分はそういうことには疎くて、その約束を破ってしまうかも知れないから。破る約束を彼とはしたくない。

それに、いくら妬いてたからってちゃんと説明してくれなかったことへの意地もある。

「一杯色んなこと考えて、俺にだって欲はあるんだって、お前がわかってくれればそれでいい。そしたら、俺は…、誰か他の人と仲良くしたら一堂がヤキモチ妬くかも知れないって、自意識過剰な人間になってやる。それに…」

「それに?」

「俺はそんなことより、もっと言いたい言葉があるんだ」

アルコールは、身体を熱くはしたけれど、全然酔いはなかったと思う。でも、今だけは『酔ってるからかも』って勝手な解釈を付けて勇気を出した。

「せっかく久しぶりに二人っきりでいるんだから、早く抱いてよ」

言葉の意味がアブナイ響きを持ってるのを、もう俺は知っている。自分達が『抱いて』が『抱き締めて』に聞こえない間柄になってるんだってことも知っている。

けれどそう言わずにはいられなかった。

だって、俺は本当にそうして欲しかったんだもの。

「お前無防備にそういうこと…、言ってるわけじゃなさそうだな」

俺はぎゅっと彼に抱きついた。

「当然だろ。俺はそういうことに慣れてる一堂の『恋人』なんだからな。そういうことされるのが『好きだからだ』って教え込まれてるんだから」

これから『してもらえること』をねだるように。

「ずっと抱いてもらえなかったから、お前が浮気してるんじゃないかとか、自分に魅力がなくなったんじゃないかって不安だった。だからお前が自分の前にいない時にどうなのかを知りたくなるなんて、余計なこと考えるようになったのかも」

「適当なこと言いやがって」

一堂が足りないと思っている時、自分ですることも考えられないくらい、一堂のことしか考えてなかった。

だからこの気持ちは、本当。

ひょっとしたら、俺の方が一堂より淫乱《いんらん》なのかも。

「いいぜ、俺だって我慢してたんだから」

彼がそう言ってくれるだけで、感じてしまうなんて。


何にも知らない頃から、一堂に触れられることは好きだった。

男と男がどうしたら快感を得られるか、知識でも実践《じっせん》でも知ってしまってからは、もっと彼に触れられることが好きになった。

一堂が自分に触れるのは、俺が好きで、俺のことを欲しいと思ってくれてる証拠だって思えたから。

キスをされるのも好きだ。

彼にとってはそうではないのかも知れないけど、自分にとってはキスする相手は一堂だけ、彼が特別なんだよって意思表示になると思ったから。

「酔ってこうなってるんなら、これからちょくちょく酔わせるかな」

一堂の腕が、俺をぎゅっと抱き締める。

俺も、もう離したくないって気持ちを込めて腕に力を入れる。

「酔ってなんかないよ。ずっとこうしたかったんだ。会えなくて、電話も出来なくて、ケンカして、その間ずっと一堂に抱いて欲しいって思ってたんだから」

「それがマジなら嬉しい限りだ」

「マジだよ」

彼が俺を押し倒し、何度もキスをする。

「電話しなかったのは、声を聞いたら一発やりたくなるのがわかってたからだ。残念なことに、今はバイトが忙しくて体力が使えないから、我慢しなきゃならなかったし、ここでやると壁が薄くてお前が声が出せないだろ」

シャツを引っ張って脱がし、裸にした俺の胸に唇を移す。

「どうして…、そんなにバイト入れたの？」

舌が乳首を濡らし、歯が軽く当てられる。

それだけで身体の中が痺れる気がした。

「引っ越そうと思ってたんだよ」

「引っ越し？」

「今言ったろ。ここのアパート壁が薄いからな。だからって我慢すんのがもう限界だったんだ」

せっかちに動く手が、まだコタツの中に残っている俺の腰に這い、スボンのファスナーを下ろす。

「あ…」

触れられただけで声が漏れるほど、自分の身体が彼を求めていることに顔が赤くなった。

「だからバイト入れて、引っ越し資金ためようと思ってたんだよ、お前に内緒で」

「そ…んなの…」

指がじわりと中に入り、下着の上からそこを握った。

「ん…」

「そしたらお前の一人暮らしの話が出たから、さっさと稼いで『俺のとこへ来い』って言えるようにしたかったんだ」

下肢《かし》を刺激する指より、耳から入って来る言葉の方が心地よい。

そうか、それで自分が一人暮らしの話をする前にバイトを入れてたのか、この部屋の荷物が整理されていたのかと、今更ながら納得した。

「言ってよ。その言葉が欲しかったんだ」

「まとまった金が出来るまで、言えるわけねえだろ。一緒に住みたかったんならお前が言えよ」

「この狭い部屋に俺が来られるわけないって思ってたんだ…よ…」

局部に刺激を受けて語尾が震える。

「まあな、ここじゃあな」

慣れた手つきで刺激を繰り返されるうち、身体の熱が上がって来る。

まだ服を脱いでいない彼のシャツをぎゅっと握ってそれを伝えると、一堂はにやりと笑った。

「説明、続けて欲しいか？　こっちがいいか？」

わかってるクセに。

どうしてこんなに意地悪なんだろう。

ふだんは優しいのに。

「説明は後で聞く…」

聞きたいことはまだまだ一杯あった。

なんで最初っから全部言ってくれなかったのかとか、これから本当に俺と一緒に住んでくれるのかとか、あの愛さんって人とは本当に何でもなかったのかとか…。

でも今はそんなことよりも、目の前にいる愛しい人の方が大切だった。

「脱げ」

身体を離し、命令する。

その言葉に従って、腰を上げ、ズボンを膝までずり下ろす。

待てなかったように、彼の唇がそこに当たる。

「あ…ダメ…汚いよ」

頭の中、本で得た知識がぐるぐると回った。

男同士のセックスは、衛生的にって書いてあったはずだ、と。

「いんだよ、黙ってろ」

「でも…」

舌が、そこに巻き付く。

「あ…っ！」

思わず大きな声が上がって、俺は自分の腕を口に当てた。

「ほら、そういうことすんだろ。気になんだよ」

「ごめ…」

握っていたシャツを手の中に残し彼の身体が下へ滑る。

手で摑まえられたモノに、彼の舌が丁寧に這う。

「ん…ん…っ」

柔らかな感触は手でされるのとは全然違っていた。

もっとやわらかくて、ねっとりして、熱い。

「今からするの、よく感じとけよ。お前にもさせっからな」

根元からゆっくり先端へ舌が這い上り、先端が含まれる。

耳に届く音が生々しくて、恥ずかしさが募《つの》る。

覚えて同じことをしろと言われたから、彼のしていることを見ようと身体を傾ける。視界に入って来たのは長い前髪をうるさそうにしながら懸命に自分の性器を舐める一堂だった。

「あ…や…」

視覚が快感を直撃するようにぶるっと震えてしまう。

あの一堂が、自分のモノを舐めてるなんて。

「も…いい」

わざとしてるんじゃないかと思うほど大きい舌舐めずりの音が響く。

「もう…。するから、俺がするから…止め…」

軽く歯が当てられ、先端の割れた筋を舌がこじ開ける。

「いち…っ!」

じわっと、何かが漏れる感覚があった。

それが彼の口の中に伝わるのかと思うと顔から火を吹きそうだ。

「…ど…」

「何だよ」

上目使いにこちらを見る彼と目が合うと、堪らなかった。

「やだ…。恥ずかしいから…」

「今更?」

「だって、こんなの…」

「俺の、してくれるんだろ?」

「するから、離れて…っ」

懇願《こんがん》すると、やっと彼は身体を起こした。

座り直し、コタツを背に膝を広げて正座する。

「しろよ」

ファスナーを下ろし、中からモノを出して俺に示す。

「…タオルで拭いていい？」

「あのなあ…、俺はそのまんまやってやっただろうが」

「だって、本に書いてあったんだもん。女の人と違って、男は自浄作用《じじょうさよう》がないから、ちゃんと清潔にしないと病気になるって」

「そういうとこまで勉強熱心なのかよ。いいぜ、何でも持って来い」

俺は慌てて立ち上がると、台所のポットのお湯で湿らせたタオルを手に戻った。

「フーゾクでもそういうことすんだぜ」

「行ったことないから知らないよ」

「ならいいんだ。あんまり研究熱心だからそっちに行ったのかと思った」

「行くわけないじゃないか。俺…こういうことする相手は一堂だけでいい。女の人も、他の男もしたくないもん」

一堂は困ったような顔をした。

「お前…、本当に天然なんだな」

言葉の意味はわからないが、怒っているわけではなさそうだ。

持って来たタオルで彼の股間を拭き、さっき自分がされたことを思い出しながら口を近づける。

肉色の塊《かたまり》は筋肉質の堅い彼の身体の中、そこだけ柔らかい感触があって、男の急所ってここなんだなあと変な感想を持った。

そっと舌を出して、先端に触れる。

当然のことだけど、味はなかった。

「ん…」

口に含んで吸い上げ、舌を使いながらアメをしゃぶるようにゆっくりと溶かす。

歯が当たると痛いだろうか?

もっと大きく口を開けた方がいいんだろうか?

よくわからないけれど、少しは一堂は気持ちよくなってるんだろうか?

両手でそこを支え、丁寧に嬲《なぶ》る。

自分が何をされているわけでもないのに、じくじくと快感が共鳴するように、身体が震えて来た。

「もっと奥まで咥《くわ》えろ」

と言われても、全ては入り切らない。

できるだけ奥まで咥えるようにすると、歯が竿《さお》の途中に当たってしまった。

「つ…っ」

「ごめ…、痛かった?」

口を開きっ放しだったせいで零れ落ちる唾液《だえき》を舌で舐め取る。

はしたないかな、と思うけどこればかりは仕方がないだろう。

「痛かねぇよ。ただ…」

一堂は言い澱み、舌打ちした。

「ただ？」

「…あんまりにもヘタなんで、感じるんだよ」

「ヘタなのに？」

「もういい、言ってもわからねえから」

「すぐそう言う」

「説明できねぇんだよ」

怒った口調でそう言うと、彼は俺の顎《あご》を取って上を向かせた。

「もういい。今度はこいつを咥えておとなしくしてろ」

顔の前に差し出されたのはさっき俺の手の中に残した彼のシャツだった。

「何で…？」

「お前が声出すようなことするからに決まってんだろ」

向かい合った格好のまま、彼が俺のモノに触れる。

一旦引いていた快感がまたぞろ頭をもたげ始める。

身体を軽く押され、横になれと合図されるから、再び仰向けに横になった。

さっき俺がタオルを取りに行ってる間に用意したのだろう、彼はコタツの上に置いてあったローションをたっぷりと自分の手に取ると、その濡れた手で下肢に触れた。

冷たくて身が縮むが、それも一瞬のことだ。

一堂の手が妖しく動き始めると、ローションはすぐに体温と同化した。

「あ…」

初めて『好き』と言われた時、彼の言葉を信じることが出来なかった。

彼は遊び人で、女性を相手にしているヤツだったし、自分は男としても美男子というタイプでも女性っぽいタイプというわけでもなかったから。

けれど彼の言葉を信じて、自分の中にも彼を好きだと思う気持ちがあるのだと自覚してから、もうこの恋を止めることは出来なかった。

男と女が身体を重ねるのは本能だという。

次の世代を思って、いい子供を残したいという生物の本能がいいタネといいハタケを探し合うのだと。

でも俺達は違う。

こうして抱き合っても何も遺らないし何も生み出さない。

空っぽの性行為だ。

それでも、俺はやっぱり一堂に抱かれたかった。

「や…ぁ…」

彼がくれる快感は切なくて、他の誰かに譲りたくないと願ってしまう。

「ん…」

奇麗事かも知れないけど、『俺』が『一堂』を好きだから彼に気持ちよくして欲しいのだし、気持ちよくなりたいと思うのだ。

「指、入れるぞ」

恋愛は楽しいことばかりじゃない。

ヤキモチ妬いたり、心配したり、不安になったり。

未知なことも一杯あるし、知っていた筈なのに気づいていないことも一杯ある。

「あ…や…ぁ…」

「入りにくいな。力抜けよ」

それでも、俺は『もういいや』とは思えない。

『止めたい』とも思わない。

どんなごたくを並べても、どんな辛いことがあっても、結局いつも同じところに帰って来てしまう。

「足も、もっと開いて」

一堂が欲しい。

「ん…」

ずるっとした感覚があって、彼の指が身体の中に押し入れられる。

快感を得ようと力を入れると、それを押し出してしまう。

その度、彼はもう一度挿入《そうにゅう》し、繰り返すうちに指は深く入り込む。

「ん…そこ…だと思う…」

「何が？」

「前立腺…、感じるんだって…」

指が内側を探る。

「潤はばかなんだから、もう勉強すんな」

「な…に？」

「気がそがれる。言っただろ、おとなしくしてろって。そこで黙って俺のことだけ考えてろ。他のことは何にも考えるな。他の人間のことも、本で得た知識も。俺がここにいて、お前を抱いてんだから、他のもんなんてどうだっていいだろ」

少しだけ乱暴に指が内壁を押した。

「ああ…っ！」

ビクン、とする感覚があって、身体の先端という先端が痺れてしまう。

声が大きくなるからと、さっき渡されたシャツを自分で口に押し込み、必死に噛み付いた。

「ん…っ」

締め付けてるばすなのに、彼の指の動きはどんどん激しくなる。

前も触られて、頭の中が真っ白になりそうだ。

「ん…ぐっ…」

「まだイクなよ」

気持ちよくて、その命令を聞くのは難しかった。

「俺を置いてくな」

内側をさんざんかき回した指が出て行く時、名残惜《なごりお》しさに足が震えた。

「後ろ向け」

「う…」

「早く」

無理だと言おうとしたのに、彼は乱暴に俺を引っ繰り返した。

窄《すぼ》まった双丘《そうきゅう》に手をかけてぐっと開かれる。

ギリッと噛み締めるシャツから、タバコの匂いがする。

「ん…」

もう一度、冷たい液体が自分の身体の形に沿って流れてゆく。

次の瞬間、彼のモノが自分の中に入って来た。

もう何度か受け入れているけれど、いつまで経っても馴れることのできない異物感が快感を伴って侵入して来る。

「ん…、んっ、んっ…っ」

抑え切れない快感は、ついに俺の口からシャツを取り上げた。

「あ…」

大きく開いた口から漏れる声。

「あ…、い…」

伸びた手が胸を探る。

そこよりも下に触れて欲しいのにそうしてくれないから、自然、自分の手が伸びる。

「は…っ…ぁ」

自分のモノが濡れているのはローションのせいか、自分のせいか。

「いちど…」

深く息を吐いて、少しでも絶頂を遅らせようと努力した。それが遅ければ遅いほど、彼と繋がっていられるのだと知ってるから。

でも彼が与えるものは我慢が利く程度のものじゃなくて、確かに他のことなんかこれっぽっちも考えられなかった。

離れられても、近づかれても、身体は悲鳴を上げる。

それは苦痛からではなかった。

気持ちいい。

一堂が自分の中にいる。

「いちど…」

自分を求めて、身体を揺さぶっている。

「ふっ…あ…いち…」

その悦《よろこ》びの悲鳴だ。

内側からの圧迫が前後に揺れる。

頭の中枢《ちゅうすう》がフラッシュするように明滅《めいめつ》する。

「や…」

波のように、繋がった場所から生まれて来る快感。

耳に届く呼吸と湿った音。

肉体が擦れる感覚。

「ああ…っ…」

確実に、自分も男なんだって自覚する瞬間が近い。

引き抜かれて、挿れられて、これ以上入らない場所まで貫《つらぬ》かれる。

「潤…」

肉体の快楽に取り込まれて、それを求めて足掻《あが》く。

「いいか、俺は嫉妬深ぇんだ。俺が許可した人間以外と二人っきりで会うな」

背中に彼の唇が触れ、声が皮膚《ひふ》を震わせる。

「無理だってこたぁわかってる。それでも…お前はバカだから心配なんだ。簡単に他のヤツに食われちまいそうで。だから…『はい』って言え」

切ない声で、命令する。

声なんてもう出ない。

言葉を作ろうとしても出るのは喘《あえ》ぎ声ばかりなのに。

「…今だけでいいから」

けれど俺は必死になってその一言を言おうと努力した。

愛しくて仕方がない人のために。

「は…」

感覚を凌駕《りょうが》する気持ちで。

「……はい」

望むことは全てしてあげたいそんな恋人のために。

数日後、一堂は彼の持っている服の中で一番マトモそうで上等だというシャツとパンツに身を包み、俺の両親に会いに来た。

まるで結婚の申し込みに行くみたいで緊張するという彼に、俺は嬉しさを隠さないで笑った。

一緒に住むなら、そういうふうに考えちゃダメか？　と言って。

夕飯の席に彼が来ることは伝えてあったから、両親は息子の友人の来訪を歓迎し、そこで俺達は自分の望みを口にした。

一人で住むのは寂しくていやだから、誰かと同居したい。

一堂はもうずっと一人で暮らしていて、そういう意味では一人暮らしのプロだし、自分とは高校の時からの付き合いだから親もよく知っている相手だし、もしよかったら彼と一緒に住みたいと自分から申し出たのだ、と。

そのことについては一堂が『俺が誘ったにしろよ』と言ったけれど、きっとこっちの方が親が一堂を大切にしてくれると思ったので俺の意志を通した。

思った通り、母親はウチの息子の無理を聞いていただいて申し訳ないと頭を下げ、ついては引っ越しの資金と、敷金《しききん》、礼金《れいきん》はこちらが持ちたいと言ってくれた。

これで一堂のバイトを減らすことができるだろう。

そして、自分達の会う時間が増えるのだ。

新しい部屋は、二人で探しに行った。

雑誌を買ったり、目星《めぼし》を付けた駅の不動産屋を一軒一軒回ったり。

大学に近いことや、部屋が二つ以上あることも条件だったが、何より一番注意したのはやっぱり防音だった。

それだけは彼が譲らなかったのだ。

不動産屋に『楽器をやるので』と説明したのも一堂だった。

結局、部屋探しは月を越えてしまい、決まったのは両親がいなくなる一週間前の慌《あわ》ただしい時期になってしまった
俺達が移ることになったのは、中古のマンションで、築《ちく》二十年という大分《だいぶ》古いものだが、造りのしっかりした部屋。

ウチの親のチェックもしっかり入り、予算も何とか安めに済ますことが出来た。

あと数日したら二人で一緒に暮らすことが出来る。

朝から晩まで、好きな人と同じ空間にいられる。

それがどれほど幸福なことかを、俺は知っていた。

手が届くところに好きな人がいて、人目を気にすることもなく抱き合える広い場所を手に入れられる。

大学の学部も性格も違う俺達が一緒にいる理由を手に入れられる。

考えただけでも、幸せな結末だった。

契約《けいやく》の二日後には先に一堂が引っ越し、その翌週に俺が入る。

彼の引っ越しは極端に荷物が減ったので、二人だけでした。

「藤岡んとこ、行くのか?」

恋愛は楽しいばかりじゃないけれど、楽しいことも山ほどある。

「行くよ」

今はその山ほどの楽しいことの一つを味わっていよう。

「…ふん」

「でも一人じゃ行かない。一堂と行く」

家財道具の殆どは俺が家から持って来ることになっているから、引っ越しと言っても部屋はがらんとしたままだった。

その中で、一部屋だけが彼の荷物で埋められる。

以前より収納スペースが多くなったから、かなりすっきりとした部屋になった。

「愛がな、またお前に会いたいってよ」

この部屋へ入るのに、俺はもう合鍵も必要としないのだ。

「いいよ、それも一人じゃ行かないから、一緒に行ってくれるんでしょう?」

「ああ。あそこん家《ち》のガキはまだはいはいしてて可愛いからな」

「…結婚してんの？」

「あいつ、もう三十過ぎだぜ」

一堂は俺のことにだけ意地が悪い。

けれど俺は怒ったりはしないのだ。

「俺、足立にいいこと聞いたんだ」

「何だ？」

「知りたい？」

「教えろよ」

今だって、一堂の全てを手に入れてるという自信はなかった。

「恋人の浮気を心配しなくていい方法」

彼について知りたいことは一杯あったし、他の女の子達と仲良くしてるのも不安材料になってしまう。

「何だ？」

それでも、いいんだ。

これからは一つだけわかったことがあるから。

「裸になれないように身体に痕を残すんだって」

「…あいつ、おとなしそうな顔して結構エゲツないこと考えてんな」

「でも、俺もその考えはちょっとだけ賛成かな」

「俺に何か残すのか？」

「一堂なんて、キスマーク付いてたって平気で他の娘《こ》と寝てたクセに。そんなもの通用しないだろ」

「耳が痛《いて》ぇな」

「でも俺は嫌だな。何か恥ずかしくて」

それは、言葉があるってこと。

自分は頭デッカチで考え過ぎて、一堂は意外とガキっぽくてカッコつける。だから同じことを思ってても擦れ違ってしまうこともあるだろう。

でも、もうわかった。

彼はちゃんと俺の言葉を聞いてくれる人ではあるのだ。

「何だよ、それ」

一堂は、俺なんかよりずっと頭がいいから。

「だから、俺はそういう痕があったら人前で服は脱げないなってこと」

「痕付けて欲しいのか？」

「付けたいなら付けていいよ。家族と同居しなくなったら、もう俺の裸見る人なんて、一人しかいないんだから」

欲しいものは欲しいと言う。

好きなものは好きだと言う。

不安なことは不安だと言う。

「…お前は本当に天然で誘ってんな」

後悔なんて、たった一度でもしたくないと思うから。

「いいぜ、今度嫌ってほど付けてやるよ」

彼の腕に軽く抱き締められながら、俺は数日前の西村さんの電話を思い出してまた幸せな気分になった。

一堂が教えたせいで俺の携帯の番号を知った彼は、俺にこんな電話をかけて来てくれたのだ。

『あのさ、須賀くん。君まだヘルメット買ってないよね？　いや、この間話した時からずっと気になってたんだけど、自分でメットだけ新しいの買っちゃうんじゃないかって思って。え？　ああ、違う。ウチで買って欲しいからじゃないんだよ。実は、まだ内緒なんだけど、一堂が君用のメットをオーダーしてね。そう、ペイントもオリジナルのヤツ。それであいつ俺んとこでバイト始めたんだよ。だからヘルメットだけはまだ買わないどいてね』

バイクはまだ買わないと言った時、『よかった』とあの人が言った理由。

突然西村さんのところで一堂がバイトを始めた理由。

それをみんな教えてもらってしまったのだ。

「ねえ、一堂」

そんなにも優しくされて、独占されて、この恋に俺は勝ってる？

不安になって、何でも言うことを聞いてしまう、俺は負けてる？

それとも、どっちもどっち？

「俺が今一番欲しいもの、何だかわかる？」

「ん？」

俺はにっこりと笑って、それを口にした。

「俺はね、ずっと一堂が欲しかったんだ」

手に入った宝物の腕の中、彼のものになれた喜びを噛み締めて――。

あとがき

皆様、初めまして、もしくはお久しぶりでございます。

火崎勇です。

この度は、「アナタはソレを我慢出来ない」をお手に取っていただき、ありがとうございます。

そして担当のN様、イラストの佐々木様、ありがとうございます。

更に、この話をノベル化して欲しいと希望してご意見を下さった読者の方、本当にありがとうございます。


さて、この話、実は密かなコンセプトは初心者向けボーイズHだったのです。

え？　何がかって？　それは微かに書いてある知識でございます。

一応、皆様も暗黙の了解ではありましょうが、この世界では実際の男同士の恋愛やHでは考えられないウソがあります。

たとえば必ずHする時に挿れちゃうとか。

でも読者の乙女達のために、リアルでエグイ描写はカット、ムードを大切にしましょうというのがセオリーですよね。

だから本当にちょっとだけ現実を入れてみたいなぁ、と考えてみたのです。

しかし、やっぱりちょっと挫折してしまいました…。

だって、夢物語ですから、ファンタジーですから、使用後の洗浄とかリアルには書けないっすよ。

もっと色々現実は奥深いのだということに興味をお持ちになられた方は、是非自分でお調べ下さいませ。


いつも何かを書き終わる度に、この二人これからどうなるのかなぁと考えます。

では今回の一堂と須賀はどうなるのでしょうか？

うーむ、アブナイですね、色んな意味で。だって親がいなくなって二人っきりで暮らすわけでしょう？　何でもやり放題ではありませんか。

そして問題は須賀です。

元が真面目で勉強好きなだけに、知らないことを徹底的に知りたがるものですから、一堂がちょろっと零すアブナイ単語の意味を知ろうと奔走したりするかもしれません。

しかも、『そういうことすると男は喜ぶんだぜ』なんて友人達に教えられると、自分は男で、女の子よりも彼を悦ばせてあげられないから努力してそういうことにも応えてあげなきゃとか考えたりして。

　真面目な人間ほど暴走するものです。

　一堂もだんだん我慢がきかなくなり、その内にワザと彼をはめてソフトＳＭとかさせてしまうかも。

『フツーの恋人はこれくらいするんだぜ』とか言って。

　でも絶対一堂のが純情だと思うなぁ…。

　最終的には、須賀がどこからか調べて来て、男同士の結婚は養子縁組だから自分達もそうしようとか、外国じゃ同性愛者でも結婚出来るところがあるからそこへ行こうとか、とか言い出すかも。

　でもまあ何にせよ、努力は報われるもの。たとえ見当違いの努力であっても、幸せには近づいてゆくもんです。

　だから二人はきっとずっとシアワセでしょう。


　それでは、そろそろ時間になりました。

　また会う日を楽しみに。

　皆様、お身体に気を付けて…。

初出

第一話　アナタはソレを我慢出来ない――　2000年　小説エクリプス4月号（桜桃書房）掲載
第二話　僕もソレが欲しくなる――――　書き下ろし

LYNX ROMANCE

新書既刊案内

リンクスロマンスは毎月末日発売です。品切れの場合は、店頭もしくは、幻冬舎オンラインブックショップ「GOBS」にて注文下さい。
GOBSホームページアドレス　http://shop.gentosha.co.jp/

リンクスロマンス／定価855円＋税
発行／幻冬舎コミックス　発売／幻冬舎

ムーンリット・ドロップス

LYNX ROMANCE

水壬楓子　ill.白砂 順

＊＊＊＊＊＊＊＊＊＊＊＊＊＊＊＊＊＊＊＊＊

銀の狼が異母兄へ——それは幼き日に見た光景。彩都の王族は狼の血を引くという伝説があるが、皇子である怜夜は兄のように変化することがなかった。

しかし心を許せる存在もなく、宮廷内で孤立している怜夜に、ある事件がきっかけで異変が起こる。中途半端にも、耳としっぽだけが現れたのだ。兄の友人で宮廷警備長の雪那にその姿を見られ、変化を口外しない代わりにある条件を提示されるが——。

全編書き下ろしで登場!!

鍵《かぎ》のかたち

LYNX ROMANCE

きたざわ尋子　ill.Lee

＊＊＊＊＊＊＊＊＊＊＊＊＊＊＊＊＊＊＊＊＊

将来を期待されている建築士の有賀雅人は、建築士志望の高校生・北実浩と電車の中で知り合う。以前から可愛らしい容貌の実浩が気になっていた雅人は、素直な彼に会うたびに惹かれていく。一方、実浩も優しく頼りがいのある雅人との時間に安らぎを感じていた。

ある日、実浩は突然、雅人に告白される。驚き、戸惑いながらも告白を受け入れた実浩だが、彼の前に雅人の父親の秘書だという竹中が現れ——!?

魔窟《まくつ》のプリンス

LYNX ROMANCE

バーバラ片桐　ill.高座 朗

＊＊＊＊＊＊＊＊＊＊＊＊＊＊＊＊＊＊＊＊＊

整った容姿に気さくな性格、その上仕事もできる上司の辻井は、藤浪の憧れの人。ある日、飲み会で潰れた辻井を自宅まで送っていくと、そこは——ゴミや服、ありとあらゆるものが床さえ見えないほど堆積した「魔窟」だった…。いつのまにか、その部屋を掃除することになる藤浪。その後、身に覚えのない理由でアパートを追い出された藤浪は、辻井から同居をもちかけられるが…!?

甘くて危険な(?)サラリーマン・ラブ♥

学園人体錬金術《がくえんじんたいれんきんじゅつ》　LYNX ROMANCE

篠崎一夜　ill.香坂 透

****

古い因習に縛られる町、真柳。土地の守り神とされる一族の家に生まれた月依泉未は、周囲の人々に敬われながらも妖姫的な美貌も相まって、不気味な存在として畏れられていた。

ある儀式の晩、主と名乗る上総が現れ、泉未は訳のわからぬまま儀式の名の下に体を奪われてしまう。服従を強いられつつも上総に親近感を覚えていく泉未……。

そして、上総が現れた頃から、周りで次々と異変が起こり始める!?

おいしいヒミツ　LYNX ROMANCE

杏野朝水　ill.松本テマリ

****

社会人二年目、百貨店に勤める多郎の日常は、気づけば仕事一色。周囲は恋愛話で華やいでいるのに、楽しみといえば同期との飲み会くらいで、代わりばえしない日々に空しさがつのる。けれどある夜、飲み会の後、いつものように同期の親友・佐樹の部屋に転がりこんだ多郎は、「俺と恋愛してくれないか」と口づけられる。容姿も性格も良く、仕事もできて尊敬している佐樹からの告白は戸惑うものの、彼とのキスは嫌ではなくて…。

晴れ男の憂鬱
雨男の悦楽　LYNX ROMANCE

水壬楓子　ill.山岸ほくと

＊＊＊＊＊＊＊＊＊＊＊＊＊＊＊＊＊＊＊＊＊

朝、目が覚めて耳に届く雨音に、志水は深い溜め息をつく。容姿・頭脳・人柄と揃い、三十歳で課長と順風満帆な人生を歩む彼だが、どうにも克服できない欠点があった。それは「雨男」だということ…。

入社式の司会を務める日、雨のなか鬱々と出社した志水は、高校時代の宿敵、「晴れ男」の泉と再会する。中途採用で転職してきたという彼を、疎ましく思う志水。けれど「晴れ男」を利用することを思いつき、泉を自分の部下に据えるが——!?

スレイヴァーズ ヌード　LYNX ROMANCE

華藤えれな　ill.雪舟 薫

＊＊＊＊＊＊＊＊＊＊＊＊＊＊＊＊＊＊＊＊＊

使用人の冴木鷹成に会社を奪われ、奴隷になることを強いられた社長令息の倉橋柊一。母親譲りの艶麗な美貌を持つ彼は、冴木のたくましい体躯や優秀な頭脳に、自尊心を傷つけられ打ち解けることができなかった。屈辱的な日々を過ごす柊一だったが、幾多の危機を冴木に救われ、歩み寄ろうとする。

しかし、冴木について何も知らないことに気づき、柊一は冴木を意識し始めるのだった——。

この本を読んでの
ご意見・ご感想を
お寄せ下さい。

〒102-0073
東京都千代田区九段北1-6-7　岡部ビル2F
小説リンクス編集部
「火崎《ひざき》 勇《ゆう》先生」係／「佐々木久美子《ささきくみこ》先生」係

リンクスロマンス

アナタはソレを我慢出来ない

2003年5月31日　第1刷発行

著者…………火崎《ひざき》 勇《ゆう》
発行人…………伊藤嘉彦
発行元…………株式会社　幻冬舎コミックス
〒151-0051　東京都渋谷区千駄ヶ谷4-9-7
TEL 03-5411-6431
発売元…………株式会社　幻冬舎
〒151-0051　東京都渋谷区千駄ヶ谷4-9-7
TEL 03-5411-6222（営業）
振替00120-8-767643
編集…………株式会社　インフィニティ　コーポレーション
〒102-0073
東京都千代田区九段北1-6-7　岡部ビル2F
TEL 03-5226-5331(編集)
印刷・製本所…図書印刷株式会社
検印廃止

ISBN4-344-80248-9　C0293
Printed in Japan

幻冬舎コミックスホームページ　http://www.gentosha-comics.net